Sara Kosurmann | Im Schatten des Pilzes

AF236990

SARA
KOSURMANN

IM SCHATTEN
DES PILZES

ERZÄHLUNG

Die bibliografische Information der Deutschen Nationalbibliothek

Die Deutsche Nationalbibliothek verzeichnet diese Publikation in der Deutschen Nationalbibliografie; detaillierte bibliografische Daten sind im Internet über www.d-nb.de abrufbar.

Einbandabbildung: © currahee_shutter | stock.adobe.com
Herstellung und Verlag: BoD – Books on Demand, Norderstedt
© 2022 Alle Rechte bei der Autorin
ISBN 978-3-7562-3316-8

Prolog

Die gefährlichste und schrecklichste physikalische Entdeckung, die den Menschen eine Menge Leid bescherte, war die Kernspaltung.

1938 nahm mit dem gelungenen Experiment ein neues Zeitalter der Kernenergie seinen Anlauf. Es wurden zahlreiche Tests zur Herstellung einer Nuklearbombe durchgeführt. Erst die Atombomben vom 6. August 1945, abgeworfen von den Amerikanern auf Hiroshima und Nagasaki, zeigten der Menschheit, was für bestialische Waffen sie da produziert hatten. Die Gedanken an die 200 000 Opfer von Hiroshima, an die verstrahlten Überlebenden und deren seit Generationen entstellten Nachkommen machten Angst.

Die atomare Katastrophe von Tschernobyl in der Ukraine 1986 wiederholte sich nach 25 Jahren am 11. März 2011 im fernen Japan nach einem verheerenden Erdbeben der Stärke 8,9 in viel größerem Ausmaß. Dem Beben folgte eine Tsunami-Katastrophe, die das AKW Fukushima beschädigte und unterspülte, mit unvorhersehbaren Folgen. Zurück blieben verseuchte Böden und verseuchtes Wasser, verstrahlte Luft und Tausende Opfer.

Wir alle sind Kinder der Erde. Schwarz, weiß oder gelb, wie die Hautfarbe auch sein mag, wir leben alle unter einem Himmel. In der modernen Zeit wird unser aller Zufluchtsort sehr oft rücksichtslos, unmenschlich und unbarmherzig behandelt.

Wir schreiben das Jahr 2022. Seit fünf Wochen tobt ein Krieg in der Ukraine. Und wieder wird der Menschheit mit der Atombombe gedroht. Die Russen haben es schon einmal getan. Am 14. September 1954 wurde im Zuge eines Kriegsmanövers in den Steppen des Süd-Urals eine Atombombe getestet. Dieses Ereignis scheint in Vergessenheit geraten zu sein, aber so sollte es nicht sein!

Das Leben eines jeden Menschen ist einzigartig und kostbar und keiner hat das Recht, den Abgrund zu öffnen. Aber wie lebt derjenige, der so eine Hölle überlebt hat?

1. Kapitel

Es war kurz vor Weihnachten. In diesen Breiten Russlands war der Winter anhaltend und streng. Die Tage der weißen Jahreszeit waren kurz, die Nächte lang. Die Sonne hatte die abgekürzte Route gewählt und zeigte sich vergänglich am Horizont. Den hellen Tag nutzten die Sperlinge und Gimpel, um etwas Essbares aufzutreiben. In der Einfahrt, auf dem Misthaufen, bei den Viehstallungen, überall war das große Suchen angesagt. Gekämpft wurde um jeden Samen, um jeden gefundenen Krümel.

Lisa Sonnberg, eine Frau über siebzig, stand am Fenster ihres gemütlichen, warmen Wohn- zimmers und schaute lächelnd dem Gerangel der Vögel zu, doch mit den Gedanken war sie weit weg. Die Vorweihnachtszeit brachte es mit sich: nachdenken, sich besinnen, sich erinnern. Lisa musste feststellen, dass die wichtigsten Ereignisse in ihrem Leben genau zu dieser Zeit passierten. Sie ging in den Flur und blieb vor dem Spiegel stehen. Wie die Jahre einen doch veränderten. Wo war das Schwarz ihrer Haare geblieben, das tiefe Blau ihrer Augen? Und zahlreiche Falten hatten sich ihr ins Gesicht eingegraben.

Nachdenklich wanderte ihr Blick zur Kommode, wo ein Schriftstück lag, das nicht ganz unschuldig an ihrem Gemütszustand war. In diesem Moment knallte unten die Eingangstür. Lisa warf einen Blick auf die Uhr – ihre Schwiegertochter Elli war von der Arbeit nach Hause gekommen. Lisa bewohnte zwei Seitenzimmer im Hause ihres Sohnes David und nahm noch regen Anteil am Leben der Gemeinschaft. Sie kochte für die ganze Familie, wenn Ellis Schicht ungünstig lag, half im Hof und im Garten, wenn die Zeit gekommen war, und die Enkelkinder Tina und Daniel schauten nach der Schule erst bei Oma vorbei, denn bei ihr gab es immer etwas zu naschen.

Lisa begrüßte die Schwiegertochter in der Küche, wo sie gerade das Hackfleisch zu Frikadellen formte und in das sprudelnde Fett der Pfanne beförderte.

»Mutter, ist was?« Elli schaute die schweigsame Schwiegermutter an.

»Nein, wieso? Ich war gerade am Überlegen, ob ich die Wäsche reinholen soll.«

»Wenn es dir nichts ausmacht? Ich habe sie im Vorbeigehen betastet – der Frost und die Sonne haben ganze Arbeit getan.« Elli setzte einen Kochtopf mit Wasser auf den Herd.

Lisa zog ihre Jacke an, schlüpfte in die Filzstiefel und hängte den Sammelband für die Wäscheklammern um den Hals. Sie blieb auf der

Schwelle stehen und musste blinzeln. Die Sonne und der Schnee hatten die Kochwäsche so richtig ausgebleicht, das blendende Weiß tat beinahe weh in den Augen. Lisa trug einen Arm voll strahlenden Winters in die warme Stube und ein Duft von Frost, Wind und Sonne verbreitete sich in der Luft. Der Tag neigte sich dem Ende zu. Am Horizont tummelten sich dunkle Wolken. Es sah wieder nach Schnee aus.

Umso gemütlicher wirkte das knisternde Kaminfeuer in Lisas Zimmer. Sie blieb vor der Kommode stehen, nahm das Schriftstück in die Hand, das die Kopie eines Zeitungsartikels war, und musste feststellen, was für einen Aufruhr der Gefühle der Text in ihr hervorgerufen hatte. Drei Tage zuvor hatte ihr Anna, die beste Freundin, diese Kopie während des Gottesdienstes in die Hand gedrückt und geflüstert. »Lies das! Es wird dich interessieren.« Lisa steckte das Blatt samt Gesangbuch in die Handtasche, konnte sich aber nicht auf den Gottesdienst konzentrieren – etwas beunruhigte sie.

Zu Hause herrschte an diesem Tag eine angenehme Stille. David und Elli waren unterwegs, die Enkelkinder tobten draußen im Schnee. Lisa machte sich in der Küche einen Kräutertee, nahm die Tasse in ihr Zimmer und machte es sich im Sessel gemütlich. Sie zog den Zeitungsartikel aus der Tasche und langte nach der Brille.

Lisa begann zu lesen und von dem Moment an war alles rundherum vergessen: der Tee, die schreienden Kinder hinterm Fenster und ihr gemütliches Zimmer. Sie las den Text wieder und wieder, sog ihn förmlich in sich hinein. Die Ereignisse, über die berichtet wurde, lagen fünfzig Jahre zurück. Sie galten eigentlich als verjährt, aber nicht für Lisa. Verblüfft und entsetzt saß sie da, sie war wie vom Blitz getroffen. Was damals passiert war, ging sie und ihre Familie unmittelbar etwas an. Es bestimmte bis heute Lisas Leben. Lange saß sie in Gedanken versunken im Dämmerlicht des winterlichen Abends. In stiller Trauer, nach Jahr und Tag, weinte sie leise.

Die Tage danach war Lisa wie verwandelt. Sie war vergesslich, hörte schlecht zu und saß stundenlang in sich gekehrt. So wie auch heute in der Küche.

Beunruhigt sprach Elli David darauf an.

»Sag mal, hast du es auch bemerkt? Mit unserer Mutter, meine ich.«

David saß gerade ziemlich müde von der Arbeitsschicht beim Abendbrot und fragte nicht sonderlich interessiert: »Was ist mit meiner Mutter?«

Elli setzte sich mit einer Tasse Kaffee zu ihm.

»Sie ist so anders, so abwesend. Seit ein paar Tagen geht das schon so. Ich habe sie ausgefragt wegen der Gesundheit und so.«

David schaute seine Frau an.

»Und, hat sie was?« Sein Blick wurde wachsam.

Elli nahm einen Schluck aus ihrer Tasse.

»Das ist es ja! Alles bestens – ihre Worte.«

David trommelte mit den Fingern auf dem Tisch und meinte nachdenklich. »Vielleicht … vielleicht hat sie nur ihre Tage?«

Ungläubig hob Elli ihren Blick von der Tasse. »Wie bitte? In dem …?«

Das Wort ›Alter‹ blieb ihr im Halse stecken, denn tausend Teufelchen sprühten ihr aus Davids Augen entgegen. Verdammt, er hatte es wieder mal geschafft, sie zu verulken!

Sie lachten beide laut los. Daniel steckte den Kopf durch den Türspalt.

»Is' was?« Ohne eine Antwort abzuwarten, verschwand er sofort wieder. Auf Tinas fragenden Blick tippte er sich mit dem Zeigefinger an die Stirn. »Eltern!«

David stellte den leeren Teller zur Seite und verbesserte sich: »Ich meine, ein paar schlechte Tage. Jeder hat sie mal.«

Elli schaute ihn an.

»Davon hat deine Mutter aber genug im Leben gehabt. Nicht jetzt noch.«

David stand auf, ging zum Fenster und machte das Klappfenster zu. Mit der Absicht, seine Mutter zu sprechen, klopfte er an ihre Tür. Anscheinend war sie nicht da.

Tina meldete sich aus dem Wohnzimmer.

»Oma macht einen Spaziergang vorm Schlafen.«

David brummte vor sich hin:

»Na, dann eben nicht. Später geht es auch noch.«

2. Kapitel

Lisa ging langsam die Straße entlang. Die Erinnerungen ließen sie nicht los. Sie sah ihr Heimatdorf Ivantal aus den 50er-Jahren vor sich, ein Dorf wie viele andere der angesiedelten deutschen Kolonien in Russland. Es bestand aus zwei schnurgeraden Straßen und erstreckte sich von Ost nach West. Der kalte Nordwind wurde von einer Hügelreihe abgebremst, die in den langen Wintermonaten als Schutz diente. Der Fluss Dolinka trennte die hügelige Landschaft vom Dorf und den unendlichen Steppen. Zu beiden Seiten der Straßen standen Häuser unter Strohdächern, aus Lehmziegeln gemauert, verputzt und weiß gekalkt. Die Fundamente waren geteert, und der schwarze Streifen als Umrandung verlieh dem Ganzen die Vollendung. Hier und da leuchteten die blau-weißen Fensterläden. Sauber und ordentlich sah das Dorf aus, die Hausfrauen legten großen Wert darauf. In den niedrigen Vorgärten wuchs unter Pappeln und Ahornen ein Mix aus Nelken und Stockrosen, und in himmelblauer Farbe leuchtenden Vergissmeinnicht.

Lisa schloss die Augen, atmete tief ein und für einen Moment spürte sie den unvergesslichen

Duft der Nachtveilchen in ihrer Nase. Nicht zu vergessen die standhaften Astern – die Blickfänger des Herbstes bis zum Neuschnee.

Zwei der größten Gebäude im Dorf waren aus Stein gemauert, für die Ewigkeit. Die Dorfschule und der geräumige Getreidespeicher. Die Wohnhälften der aus Lehmziegeln gemauerten Häuser und die Stallungen für die Haustiere waren unter demselben Dach untergebracht. Der stabile Baustil, dem rauen Klima des Ural angepasst, schützte auf diese Art Mensch und Tier vor der eisigen Kälte im Winter und der zeitweise unerträglichen Hitze im Sommer.

Lisa flüsterte kaum hörbar: »Ja, ja, schon seltsam. Im kalten Winter, so wie jetzt, sehnt man sich nach dem Sommer, nach Sonne und Wärme. Und umgekehrt – in der über 30° Hitze schwärmt man von verschneiten Landschaften, bereiften Bäumen und vom Frost bemalten Fensterscheiben.«

Ihr wurde auf einmal bewusst, dass sie mit sich selbst gesprochen hatte. Oder unterhielt sie sich mit den Eltern? Lisa sah sie vor sich – Katharina und Heinz Lange. Alle Tiefen und Höhen des Zusammenlebens dieser so verschiedener Persönlichkeiten hatte Lisa miterlebt, denn sie war das erste Kind aus dieser Ehe. Katharina war das regierende Mitglied der Familie. Heinz hatte ihr diese Rolle ohne besondere Gewissensbisse und

Ansprüche überlassen. Als Leiter der Melkfarm in der Kolchose war er ziemlich beschäftigt und kam oft spät nach Hause. Diese Tatsache war auch Grund der Streitereien zwischen den beiden, denn Katharina vermutete dahinter etwas ganz anderes.

Selbstverständlich wurden Entscheidungen übers Haus, den Garten, das Vieh und Anschaffungen aller Art gemeinsam getroffen, aber auf welche Weise es passieren sollte, bestimmte Katharina.

Lisa sah sich in ihrer kleinen Sommerstube mit den beiden Söhnen. Niklas mit seinen zweieinhalb Jahren und Heinz, der gerade neun Monate alt war. Winzig war die Bude und viel zu klein für drei Personen. Und seine Schwester Eva mit ihren achtzehn Jahren wollte auch ihr eigenes Zimmer haben.

Eines Abends stand Katharina in der Tür – sie wollte Niki abholen, um ihm die versprochene Geschichte zu erzählen, und sah, wie Lisa, fertig angezogen, Heinz in eine Decke einrollte.

»Wo geht's denn hin?«

»Mutter, ich gehe nur kurz zu Anna. Wir wollen unseren Männern Briefe schreiben, damit die Kerle uns in der Armee nicht ganz vergessen!«

Die kleinwüchsige Lisa nahm das schwere Bündel in die Arme.

»Mann, ist der schwer geworden! Ich muss

17

Heinz sowieso in einer Stunde stillen.«

Katharina nahm Niki an die Hand.

»Komm, junger Mann, jetzt widmen wir uns in aller Ruhe dem Märchenbuch.« Und der Tochter sagte sie noch: »Verquatscht euch nicht! Ihr müsst morgen früh aufs Kartoffelfeld.«

Lisas Freundin Anna steckte in einer ähnlichen Situation. Ihr Ehemann Walter war auch bei der Armee und sie meisterte ihr Leben, gleichfalls mit zwei kleinen Kindern, im eigenen kleinen Häuschen.

Briefe zu schreiben war für die jungen Frauen gar keine einfache Sache. Die Schuljahre der beiden waren in die Kriegszeit gefallen. Wegen des Mangels an warmer Kleidung und der Hungersnot war dann ab der 4. Klasse der Dorfschule Schluss mit der Ausbildung. Arbeiten, schwer arbeiten, bis zum Umfallen arbeiten – diese Steigerung kannten Lisa und Anna seit ihrer Kindheit.

An dem Abend hatten sie lange über den Papierblättern geschwitzt. Lisa drehte ungeschickt den Bleistift in der Hand.

»Ich hätte in dieser Zeit bereits drei Kühe gemolken. Die passenden Worte kommen mir einfach nicht in den Sinn.«

Sie warf einen Blick in Annas Blatt und las flüsternd: »Ich habe solche Sehnsucht nach dir, Liebster!« Sie drehte sich zu der schmunzelnden

Freundin um, die sich gleichgültig eine Locke ihres prachtvollen Haars um den Finger wickelte.

»Du hast es von mir abgeschrieben?!« Anna lachte ihr ansteckendes Lachen.

»Na und? Kannst von mir auch einen Satz abschreiben. Wie wär's mit dem? ›In der einsamen Nacht fühle ich deine Hand auf meiner Brust.‹ Klingt doch gut, oder?«

Eine innere Flamme färbte Lisas Wangen.

»Ich weiß nicht. Es klingt so … so … schamlos!«

Resolut wie immer fiel Anna ihr ins Wort:

»Nix da! Schamlos? Du bist doch eine verheiratete Frau – *seine* Frau! Und außerdem, beim Lesen können unsere Männer sich sowieso nicht über die Schulter gucken. Einer hat seinen Standort am Ural-Gebirge, der andere dient im Kaukasus. Also los, schreib ruhig ab.«

So war Anna, und so war sie auch heute noch. Lisa konnte sich nicht mehr erinnern, ob sie damals den Satz von Anna abgeschrieben hatte.

Lisa lächelte und schaute auf ihre Armbanduhr.

»So spät! Ich träume schon im wachen Zustand. Und kalt ist es geworden.«

Sie eilte die Straße entlang und betrat leise ihre Wohnung. Sie stellte sich einen Tee auf und setzte sich mit dem Zeitungsartikel in der Hand an den Tisch.

Jemand klopfte leise an der Tür. Lisa schob den Artikel unter die Tischdecke. David trat mit einer kurzen Begrüßung ein.

»Mutter, du warst lange draußen. War es dir nicht zu kalt?« Er schaute ihr besorgt ins Gesicht.

»Ja, der Wind ist ziemlich frisch. Es zieht ein Schneesturm auf. Mir geht es gut, danke. Mach dir keine Sorgen! Ich trinke einen Tee mit Honig und gehe dann zu Bett.«

Sie sprach es irgendwie hastig aus. David hatte den Eindruck, sie wollte ihn loswerden.

»Ist auch alles in Ordnung?«

»Ja, sage ich doch! Gute Nacht, mein Sohn.«

»Gute Nacht, Mutter.« Leise zog David die Tür hinter sich zu.

Lisa holte den Artikel wieder heraus und begann zu lesen.

Es war so grauenhaft! Die Einzelheiten des Berichts brannten sich in ihre Seele ein. Es war kaum auszuhalten. Sie stand auf und schaute aus dem Fenster.

Da braute sich was zusammen. Der Wind nahm an Stärke zu, er raste und tobte. Die nassen Schneeflocken wirbelten in der Luft, häuften sich der Straße entlang zu Schneewehen an, die höher und höher wurden. Der Wind veranstaltete im Lichtstreifen der Straßenbeleuchtung einen wilden Hexentanz. Niklas Sonnberg, Lisas Ehemann, hatte so ein Wetter geliebt. Beim stärksten

Schneesturm, wenn aus dem Fenster das Nachbarhaus nicht mehr zu sehen war, ging er nach draußen, sah dem Spiel der Naturkräfte zu und genoss es. Er knöpfte dann sein Wams bis oben zu, drückte die Mütze tiefer auf die Ohren, schlug den Kragen hoch und stapfte durch die hohen Schneewehen.

Durch einen Tränenschleier schaute Lisa in den Himmel und da hatte sie ihn wieder vor Augen – den Riesenpilz aus der Vergangenheit. War es ein Spiel des Windes mit den schneegeladenen grauschwarzen Wolken? Vielleicht. Für sie aber war es der Schreckenpilz aus dem September 1954. Er schwebte am Horizont, verformte sich durch die Luftströme und hatte einen dunklen Schatten im Schlepptau. Der verlängerte sich, dehnte sich aus, zog Lisa damals in seinen Bann und hatte sie nie wieder losgelassen. All die Jahre hatte sie versucht ihm zu entkommen. Der Pilz und sein Schatten – sie verbreiteten Unbehagen, Beklommenheit und Ängste. Nicht ohne Grund – Niklas Sonnberg war damals einundzwanzig Jahre alt, ein Unteroffizier der Sowjetarmee, und er war nicht nur Zeuge des grausamen Verbrechens vom 14. September 1954.

3. Kapitel

Niklas war zu seiner Dienstzeit bei der Armee in Tozk stationiert gewesen, einem Militärstützpunkt in den unendlichen Steppen Russlands. Die Entfernung von seinem Heimatdorf Ivantal war nicht so beträchtlich und – was noch von Bedeutung war – nach der sechsmonatigen Ausbildung zum Unteroffizier traf er mit seinem Landsmann Peter Hasfeld auf dem Stützpunkt zusammen. Peter kam aus dem Nachbardorf von Ivantal. Seitdem waren die beiden unzertrennlich.

In den wenigen dienstfreien Minuten saßen sie beisammen, tauschten die Neuigkeiten der Post aus den Elternhäusern, teilten die Sehnsucht nach den Familien. Es entwickelte sich eine echte Männerfreundschaft.

Eines Abends zeigte Niklas seinem Freund ein Foto von Lisa und den beiden Söhnen. Peter betrachtete das Bild mit Bewunderung.

»Wie alt sind denn die Jungs?«

Niklas antwortete mit einer kurzen Verzögerung.

»Niki ist fast drei Jahre alt und Heinz genau neun Monate.«

Peter konnte seine Überraschung nicht verber-

22

gen.

»Drei Jahre, sagst du? Mann, hast du es aber eilig mit dem Heiraten gehabt!«

Niklas lächelte. Er war heute irgendwie in Stimmung, dem Freund sein Herz auszuschütten – über seine Ehe und warum sie so einen geknickten Start gehabt hatte. Jedes Gespräch über seine Familie war wie ein Wiedersehen mit ihr, und gerade heute, am 13. September, brauchte Niklas es.

»Ich war damals noch ein Grünschnabel gewesen, viel zu jung für den ganzen Kram wie Familie gründen, Kinder kriegen. Ich wollte meinen Spaß haben, wollte feiern, tanzen. Ich war erst achtzehn!«

Niklas verstummte. Peter forschte in seinem Gesicht.

»Aber da war noch Lisa, richtig?«

Niklas nickte und wiederholte:

»Genau, da war noch Lisa. Sie wurde nach dem allerersten Mal schwanger. Wir hatten noch nicht mal richtig begriffen, wie es überhaupt geschehen war, denn wir beide hatten etwas getrunken. Bei dem ausgiebigen Spaziergang in der Kälte danach hatte Lisa sich erkältet. Zwei Wochen war sie krank. Dann musste ich für drei Monate weg zu meinem Berufslehrgang als Fahrer. Am ersten Abend nach meiner Rückkehr stellte mich Lisa vor vorhandene Tatsachen – sie war im dritten Monat schwanger.«

Peter pfiff durch die Zähne.

»Hoppla! Die Überraschung war perfekt, nehme ich an? Wie hast du reagiert?«

»Wie sollte ich schon reagiert haben? Ich war schockiert, verblüfft, überrumpelt, sprachlos – such dir was aus! Mit achtzehn Jahren teilt man dir mit, dass du in ein paar Monaten Vater wirst. Kannst du dir so was vorstellen?«

Peter kam nicht zum Antworten. Die Tür zum Gemeinschaftszimmer wurde aufgerissen und ein junger Dienstmann salutierte und verkündete laut:

»Genosse Unteroffizier Sonnberg! Nach Verordnung des Generals Salow sollen Sie morgen früh um sechs Uhr mit dem Auto, vollgetankt, vor seiner Wohnung warten!«

Niklas salutierte zurück. »Weggetreten, Soldat!« Dann drehte er sich zu seinem Freund um und sagte mit leichter Enttäuschung in der Stimme: »Da müssen wir unseren rührenden Erinnerungsabend wohl abbrechen.«

Peter Hasfeld stand ebenfalls auf und folgte dem Kameraden aus dem Zimmer.

»Diese Hektik und Geheimtuerei der letzten Monate! Weißt du, was das zu bedeuten hat? Du bist immerhin der Fahrer des Generals.«

Niklas senkte die Stimme.

»Der Genosse General hat mir nur verraten,

24

dass alles, was zurzeit auf dem Stützpunkt abläuft, Geschichte schreiben wird. Es unterliegt der staatlichen Note ›Streng geheim!‹. So ist das.«

Peter sprach ebenfalls leiser.

»Wem sagst du das? Die ganze Woche kutschiere ich Akten mit derselben Aufschrift vom Stützpunkt zum Generalstab der Armee. Und wie es aussieht, morgen auch.«

Bevor er die Tür zu seiner Schlafzelle öffnete, meinte Niklas in todernstem Ton:

»Wenn du mich fragst, werden es keine üblichen Militärübungen. Die drehen da ein mächtiges Ding. Gestern sind sogar große Bosse aus dem Militärrat Moskau angereist. Hab sie vom Bahnhof abgeholt.«

Unruhig wälzte sich Niklas auf seiner Koje von einer Seite auf die andere. Was er auf dem Bahnhof beobachtet hatte, wollte und durfte er Peter nicht verraten. Er würde es schon rechtzeitig erfahren, aber unheimlich war es. Schon eine ganze Woche, nachts oder im Morgengrauen, hielten Güterzüge an und in unermesslichen Mengen wurden Soldaten und Militärtechnik abgeladen. Nach einer kurzen Verschnaufpause marschierten und rollten sie in einer einzigen langen Kolonne in Richtung Steppe zu der rätselhaften »Zone X«. Die ganze Operation wurde von einem legendären Marschall geleitet und das hatte was zu bedeuten.

Es war etwas Verheerendes geplant worden, wobei an erster Stelle die politischen Ambitionen standen. Dass dabei Tausende von Menschenleben ausgelöscht werden konnten, wurde außer Acht gelassen. Man schob die Schuld von sich. Es tobte ja ein Krieg – der Kalte Krieg zwischen dem Westen und dem Osten.

Niklas konnte lange nicht einschlafen. Er dachte an seine Frau und »die beiden Jungs«, wie er die Söhne nannte, wenn er von ihnen sprach, und ahnte nicht, dass bereits am nächsten Tag sein Leben eine angsterfüllte Wende nehmen würde.

4. Kapitel

Zur selben Stunde wälzte sich auch Lisa schlaflos im Bett. Sie musste am nächsten Tag aufs Feld zur Kartoffelernte, aber nachdem sie Heinz gestillt hatte, war die Müdigkeit wie weggeblasen. Sie schaute noch nach dem dreijährigen Niki. Es war ein warmer September, aber die Nächte waren recht kühl. Lisa deckte den Jungen zu und verharrte für eine Weile an seinem Bettchen. Sie dachte an die Einsamkeit und Verzweiflung, an die vielen Tränen in den langen schlaflosen Nächten, die dieses Kind mit sich gebracht hatte.

Mit achtzehn Jahren hatte sich Lisa in Niklas Sonnberg verliebt. Mit seinen grün-braunen Augen und dem rötlich schimmernden lockigen Haar war er der Schwarm vieler Mädchen in Ivantal. Niklas hatte aber nur Augen für die zierliche Lisa.

Mit seiner unbeschwerten Art und seinem Sinn für Humor hatte Niklas Lisas Herz im Sturm erobert. Irgendwann im Winter, nach einer Feier, hatten sie miteinander geschlafen. Trotz der strengen Sitte, sich vor der Hochzeit nie mit einem Jungen einzulassen, war es Lisa passiert. Jung und unerfahren, wie sie waren, hatte das erste Zusammenkommen seine Folgen – Lisa wurde schwanger. Nachdem die erste Regel ausgeblieben war und die Übelkeit am Morgen einsetzte, überwältigten Lisa Ratlosigkeit und Angst. Aufklärung und Verhütung waren damals Tabuthemen. Man sammelte Erfahrungen und tauschte sie im engen Freundeskreis aus.

Vor der Hochzeit schwanger zu werden war eine Schande – ein gefundenes Fressen für die Sittenpolizei, die älteren Frauen. Da hatten die mal wieder ausgiebig Stoff für Klatsch und Tratsch. Niklas war zu der Zeit auf irgendwelchen Kursen, und Lisa beschloss, sich ihrer Freundin anzuvertrauen. Die Mutter ahnte auch schon etwas, Lisa sah es an Katharinas Augen. Auf die Dauer war es sowieso nicht zu verheimlichen.

Eines Abends waren Lisa und Anna unterwegs zu einem Jugendtreff. Die dunkle Nacht hatte die Häuser, die Bäume und alles rundherum mit einem schwarzen Überwurf bedeckt, nur gegen den weißen Schnee blieb sie machtlos. Die kalte Luft erfrischte die hitzigen Wangen. Lisa war schweigsam und reagierte kaum auf Annas Späße. Die hakte sich bei der Freundin ein und fragte interessiert:

»Sag mal, Lisa, hast du auch mitbekommen, dass Niklas zurück im Dorf ist?«

Die Freundin war mit den Gedanken weit weg.

»Anna, meine Tage sind schon zweimal ausgeblieben. Ich glaube – ich bin schwanger.« Es kam
in einem gleichgültigen Ton, kaum hörbar, von
Lisas Lippen.

»Was?« Anna blieb abrupt stehen. Sie nahm
Lisa bei den Schultern und drehte sie mit dem
Gesicht zu sich herum. »Das kann nicht sein! Wie
auch? Hast ja nur ein einziges Mal … das Vergnügen gehabt.«

Lisa fiel ihr heftig ins Wort: »Genau. Von dem
verdammten allerersten Mal!«

Anna versuchte sie zu beruhigen.

»Pass mal auf! Du bist so klein und zierlich
und wir haben den ganzen Monat beim Saatgut-
säubern volle Säcke geschleppt. Es war einfach zu
schwer für dich! Warte den nächsten Monat ab,
das wird schon.«

Sie drückte die schluchzende Freundin an sich.

Lisa beruhigte sich allmählich.

»Ich kenne meinen Körper, und ich habe
Schiss. Mensch Anna, ich werde im Sommer erst
neunzehn!«

Sie gingen langsam weiter, Anna drückte Lisas
Arm fester an sich.

»Es bringt nichts, dir unendlich Vorwürfe zu
machen.«

Lisa antwortete nicht, aber gerade dieser Gedanke schwirrte ihr ununterbrochen im Kopf
herum – wieso hatte sie an jenem verdammten

29

Abend ihre Gefühle für Niklas nicht unter Kontrolle gehabt? Wie würde er wohl auf die Neuigkeit reagieren?

Aus dem Clubgebäude waren die Klänge der Harmonika zu hören, die zum Tanz einluden. Beim Eintreten suchte Lisa mit den Augen den Raum nach Niklas ab. Er tanzte in der letzten Ecke mit Else Wellmann, was Lisa einen feinen Stich in die Brust versetzte.

»Was will die alte Kuh von ihm?«

Anna verbeugte sich vor Lisa, und mit einem spitzbübischen »Sie erlauben?« lotste sie die Freundin auf die Tanzfläche. Das war ihre Art, mit hinreißender Begeisterung alles anzugehen, sei es die Arbeit, das Feiern, vielleicht auch die Liebe. Während des Tanzes flüsterte Anna der Freundin ins Ohr: »Du musst es Niklas sagen!«

Nach der Verschnaufpause näherte sich der junge Mann den beiden Freundinnen. Lisa bekam ganz weiche Knie.

»Niklas, wir müssen reden.«

Er schaute sie mit einem Lachen in den Augen an und zog sie mit sich.

»Später. Jetzt, mein Lieschen, wird getanzt!«

Dieser Tanz in Niklas' Armen war der letzte unbeschwerte Moment ihres Lebens. Insgeheim wünschte sich Lisa, die Musik möge ewig dauern, denn sie fürchtete sich vor der Aussprache.

Kurz vor Mitternacht verstummte die Harmonika. Paarweise und in Gruppen verließen die Jugendlichen den Treff. Niklas ging neben Lisa und hatte seinen Arm um ihre Schultern gelegt. Nur weil es stockfinster war, erlaubte sie es. In der Nähe wurde ein Lied angestimmt. Lisa hörte Annas dunkle Stimme aus dem Chor heraus. Sie erinnerte sich an Annas Worte, wusste aber nicht, wie sie anfangen sollte.

»Niklas, was hatten wir damals bei der Feier getrunken?« Lisa war froh, dass es dunkel und ihr rotes Gesicht nicht zu sehen war.

Er fragte kurz: »Wann?«

Lisa schaute ihn noch immer nicht an.

»Damals. Du weißt schon …«

Er lachte kurz.

»Du meinst, als wir miteinander …«

Lisa ließ ihn nicht ausreden.

»Ja, genau das meine ich. Was haben wir damals getrunken? Wir waren ja wie von Sinnen!«

»Wieso? Es hat dir doch auch gefallen.« Er strich mit seiner freien Hand über ihre Wange und drückte sie fest an sich. »Wir könnten es auch wiederholen.«

Wenigstens streitet er es nicht ab, mit mir geschlafen zu haben, dachte Lisa.

»Nein, das bestimmt nicht! Das eine Mal hat gereicht!« Lisas Schüchternheit war plötzlich weg. »Ich bin schwanger, Niklas. Von dir.«

31

Niklas blieb abrupt stehen.

»Was? Was sagst du da? Das kann nicht sein! Vielleicht irrst du dich?«

Obwohl es finster war, sah Lisa die Angst in seinen Augen, die Überraschung in seinem Gesicht.

»Es ist aber so!«

Niklas machte einen Schritt zurück.

»Nein! Das ist nicht wahr! Das kann nicht sein! Ich bin erst achtzehn!« Seine Stimme zitterte. In Panik geraten, drehte er sich um und verschwand in der Dunkelheit.

Tränen schossen Lisa in die Augen. Unter Schluchzen wiederholte sie flüsternd immer wieder. »Ich liebe dich doch! … Ich liebe dich!«

In ihrer Verzweiflung kam es Lisa vor, als wäre sie verlassen und allein in dieser dunklen Nacht, allein auf der ganzen Erde.

Nach der großen Enttäuschung von dem Gespräch mit Niklas und der Müdigkeit von der durchgeweinten Nacht war für Lisa die Reaktion der Eltern auf ihre Beichte am Frühstückstisch fast unbedeutend. Eine erhebliche Dosis von Moralpredigten, sogar Beschimpfungen, womit sie gerechnet hatte, konnte ihr nichts anhaben. Katharinas Gesicht zeigte so viel Schmerz und Mitgefühl, dass Lisa die Augen niederschlug. Nur ein einziger Satz kam über Katharinas Lippen:

»Ich habe es geahnt, schon lange.«

Heinz mied ihren Blick und hatte es auf einmal sehr eilig, zur Arbeit zu kommen.

Lisa hatte ein echtes Problem. Angeprangert als Sünderin, mied sie jeglichen Kontakt nach außen. Die verbliebenen sieben Monate der Schwangerschaft verbrachte sie im Schutz der Familie, und Anna leistete ihr die ganze Zeit Beistand. Die Familie Sonnberg, genau wie Niklas, wollte von allem nichts wissen.

Eines Tages erzählte Anna aufgeregt die letzten Neuigkeiten.

»Stell dir vor, Lisa, die alte Sonnbergsche verteidigt ihr Söhnchen noch. Sie meint, er sei zu jung, um Kinder zu kriegen, und wer wisse schon, mit wem alles du noch geschlafen hättest. So eine Unverschämtheit!«

Lisa war, wie so oft, den Tränen nah.

»Und was sagt Niklas dazu?«

Anna schlug verächtlich mit der Hand.

»Ach, der tanzt ja sowieso nach ihrer Pfeife. Vielleicht kommt er zu Besinnung, wenn das Kind da ist.«

Das hoffte Lisa ebenfalls. Sie wagte sich nur noch im Dunkeln auf die Straße. So blieben ihr die neugierigen Blicke und das Getuschel erspart. Niklas zeigte ihr auch weiterhin die kalte Schulter.

Heinz Lange brachte seine Tochter zu geschlagener Stunde zur Hebamme, und ein gesunder kräftiger Junge verkündete mit einem krächzenden Schrei sein Auftreten auf dieser Welt. Er bekam den Namen Niklas. Das Baby wurde nach seinem Vater benannt, wie es in den deutschen Dörfern so üblich war.

Jeder lebte sein eigenes Leben. Lisa mit dem kleinen Niki in der winzigen Sommerstube in ihrem Elternhaus und Niklas bei seinen Eltern.

Niki ähnelte sehr seiner Mutter mit seinem runden Gesicht, den großen blauen Augen und dem schwarzen Haar.

Bei einem Spaziergang mit Niki begegnete Katharina zufällig Niklas, der gerade auf dem Weg zu einem Jugendtreff war. Er grüßte höflich und wollte weiter, aber Niki streckte die Arme nach ihm aus. Er war fast ein Jahr alt und übte seine ersten Schritte. Da sagte Katharina zu Niklas:

»Der Kleine wächst ohne Vater auf. Vielleicht lässt es dich heute kalt, aber eines Tages wirst du es bereuen. Auch wenn man jung ist, man muss für sein Handeln im Leben geradestehen. Sieh zu, dass es nicht zu spät wird.«

Niklas sagte kein Wort, aber die Lust auf das Tanzen war ihm vergangen. Seitdem hatte er den Kleinen immer vor Augen. Er beschloss Lisa zu besuchen. Es kam zu einem Versöhnungsgespräch. Die Besuche wurden immer häufiger und hatten zur Folge, dass er um Lisas Hand anhielt. Die bescheidene Hochzeit feierte man im Kreis der Familie.

Der Start ins Eheleben war für Lisa alles andere als sonnig. Nach ungefähr einem Jahr wurde Niklas zum Dienst in die Sowjetarmee einberufen. Lisa war gerade mit dem zweiten Kind hochschwanger.

Erst jetzt bemerkte Lisa, dass sie eiskalte Füße hatte. Wie lange stand sie schon neben Nikis Bettchen? Schnell lief sie zu ihrem Bett und wühlte sich in die Decke ein. Woher nur kam diese Unruhe in ihr? Durch die Jugenderinnerungen aufgewühlt, konnte sie lange nicht einschlafen.

Ab Morgen begann die Kartoffelernte, und der Brigadeleiter hatte sie und Anna für diese Arbeit eingeteilt. Solange das sonnige Wetter anhielt, wollte man das geerntete Gemüse unter Dach und Fach bringen. Die beiden Jungs blieben in Lisas Abwesenheit in Katharinas Obhut.

»Aber jetzt schlafen!« Die junge Frau drehte sich zur Wand und schloss die Augen.

5. Kapitel

Niklas war aus einer tiefen Benommenheit aufgewacht. Hinter seiner Stirn hämmerte ein bohrender Schmerz, und es war stockdunkel um ihn herum.

»Wo bin ich überhaupt? Was ist das für ein Geruch?«

Der junge Mann betastete das Bett, die Decke, fuhr mit der Hand über sein Hemd.

»Was sind das für Bänder an meinem Hemd? Und dieser Geruch nach Desinfektionsmitteln – es muss ein Krankenhaus sein.«

Niklas hörte Türen auf- und zugehen, rechts von ihm stöhnte jemand. Es wurde leise gesprochen – eine dunkle Frauenstimme redete beruhigend auf jemanden ein. Er vernahm alle Geräusche wie durch breite Wasserschichten – schwach, unklar, verzerrt. Er wollte diese Wassermengen abschütten, wollte auftauchen, um endlich das Tageslicht zu genießen.

Niklas spürte das betriebsame Leben um sich herum. Es war nicht nachts, wie er angenommen hatte, es war heller Tag. Aber er sah nichts! Absolut nichts! Er war blind. Ja, blind! Das Wort pulsierte in seinen Schläfen und eine klebrige Angst versetzte ihn in Panik.

Würde er jemals wieder das schöne Antlitz seiner Lisa sehen, die lachenden Gesichter der Söhne, den Sonnenaufgang, seine Mutter? Es hatte keinen Sinn, alles aufzuzählen, was ihm verloren ging, wenn … Er konnte den Gedanken nicht zu Ende formen, denn sein Kopf wurde von dem Schmerz wie in einem Schraubstock zusammengepresst. Er hielt die Luft an und atmete dann stoßweise aus, als ob er den plagenden Schmerz und das brennende Gefühl in den Augen herauspusten wollte. Niklas brauchte Informationen. Es kam dann viel zu laut von seinen Lippen:

»Ist da jemand? Wo bin ich? Ich brauche Antworten!«

Eine Schwester näherte sich leichten Schrittes seinem Bett, beugte sich über ihn.

»Leise, Soldat. Bleiben Sie bitte ruhig! Sie sind im Militärhospital in der Stadt. Ich rufe gleich den Arzt.«

Niklas konnte sie nicht sehen, aber er konnte sie riechen – der Jodgeruch auf ihren Fingern stritt mit dem leichten Parfümduft ihrer Haut. Er dachte bei sich: Gott, ihr Kittel muss blendend weiß sein.

Niklas hörte von Weitem eine energische Männerstimme:

»In diesem Flügel ist die Quarantäne vom letzten Vorfall untergebracht. Alles streng geheim halten! Wer seinen Arbeitsplatz behalten will oder im schlimmsten Fall auf unbestimmte Zeit seine Familie nicht vermissen möchte, der sollte sich in Acht nehmen! Und noch was – ohne den Entlassungsbefehl des Oberen Kommandos kommt kein Verwundeter raus!«

Fetzen dieser Anweisung blieben in Niklas' Bewusstsein hängen. Wieso ›Familie nicht vermissen‹?« Es war eine gewissermaßen klar ausgedrückte Drohung – Klappe halten, sonst … Die Soldaten sollten über die Militärübungen kein Sterbenswort in den Briefen an die Verwandtschaft verlieren. Es hieß, die Post würde strengstens kontrolliert. Die Zivilbevölkerung wurde in die Geheimtuerei ebenfalls einbezogen.

Das kurze Gespräch mit dem Arzt hatte Niklas nicht beruhigen können und die Angst war damit auch nicht verscheucht. Es hieß, er sei selbst schuld – habe den Befehl verweigert, die Schutzbrille aufzusetzen. Er könnte sein Sehvermögen zurückerlangen, vielleicht auch nur teilweise, oder auch nicht. Sie würden versuchen zu behandeln, aber die Erfahrungen mit derartigen Verletzungen fehlten einfach.

Niklas konnte die Anschuldigung der Befehlsverweigerung nicht auf sich sitzen lassen, denn er erinnerte sich ganz genau, seine Schutzbrille dem General Salow gegeben haben. Der hatte seine in Eile im Stab liegen lassen.

Nachdem der Arzt gegangen war, ertönte vom Nachbarbett eine junge Männerstimme:

»So ein Quatsch! Ich hatte die Brille auf und liege trotzdem hier. Auf welcher Linie warst du positioniert, Kamerad?«

Niklas überlegte kurz. »Auf der 8-Kilometer-Linie. Im Schutzgraben.«

Er hielt es für überflüssig zu erklären, was für eine Art Schutzgraben es war – nämlich mit einer doppelten Überdachung aus dicken Baumstämmen, die mit einer Schicht Erde überschüttet waren.

Der Nachbar stöhnte leise.

»Ich war auf derselben Linie, aber in der offenen Position. Jetzt habe ich keine Haare mehr, ernsthafte Verbrennungen im Gesicht und an den Händen. Blind bin ich auch.«

Niklas hatte noch den langen Laufgraben vor Augen, der die einzelnen Schutzgräben in einen Halbbogen vereinte. Die Soldaten in der offenen Positionierung waren den Auswirkungen der schrecklichen Explosion völlig ausgeliefert.

Aus der Ecke des Krankenzimmers meldete sich eine heisere Stimme:

»Jungs, sind euch die Namen Hiroshima und Nagasaki ein Begriff?«

Der Soldat von Niklas' Nebenbett reagierte hastig.

»Na klar! Noch im Frühling wurde der Atombombe von Hiroshima eine ganze Stunde der Politschulung gewidmet. Jetzt tut es denen bestimmt leid, dass sie uns so detailliert aufgeklärt haben.«

Seine Stimme klang zugleich boshaft und traurig. Niklas erinnerte sich noch an diese Schulungen, deren Besuch für jeden obligatorisch war. Auf den Charaktermerkmalen der ach so bösen Amerikaner wurde lange rumgeritten – sie waren ja so unmenschlich, hinterhältig, kaltblütig und herzlos. Sie hatten mit ihrer Atombombe tausende Japaner in einen fürchterlichen Tod gerissen.

Im Auge behaltend, was die Obrigkeit der Sowjetarmee heute angerichtet hatte, war es schwierig, einen Unterschied in deren Vorgehen zu dem der Amerikaner zu sehen.

Niklas war verbittert. Auf einmal kam ihm sein Freund Peter in den Sinn. Wo der wohl steckte? Lag er vielleicht auch hier im Hospital? Dann erinnerte sich Niklas an das Gespräch mit Peter am Vorabend – er müsse mit Akten in den Armee-Stab in die Stadt.

Eine Ironie des Schicksals. Niklas befand sich verwundet im Hospital in der Stadt und Peter war wahrscheinlich längst zurück auf dem Stützpunkt. Niklas war fest überzeugt, dass der Freund ihn besuchen würde.

Als persönlicher Fahrer des Generals hatte der Unteroffizier Niklas Sonnberg einige Details mitbekommen. Die Rede war aber immer von »irgendeiner« Bombe. Am 14. September beim Morgenappell ließ man dann »die Katze aus dem Sack«. Es hieß: Für die heute am 14. September 1954 geplanten Militärübungen sei ein Test – ein Atombombentest – vorgesehen. Jeder Teilnehmer an den Übungen sollte stolz darauf sein, bei so einem historischen Vorkommnis mitzumachen.

Eine Totenstille legte sich über die in Reih und Glied stehenden Soldaten. Ihnen wurde keine Minute gegeben, die Schreckensnachricht zu verdauen.

Im Eiltempo wurden Befehle erteilt. Wer – wohin – was und wann. So gehörte der Unteroffizier Niklas Sonnberg zu der Gruppe der »Verteidiger« der 8-Kilometer-Linie, auf der sie so lange ausharren sollten, bis die Gruppe der »Angreifer« sie erreicht hätte. Als Signal zum Beginn der Übungen sollte die Explosion der Atombombe dienen. Das Ding sollte über der Erde gesprengt werden.

Diese Einteilung des Militärübungsplatzes – der sogenannten Zone X – in 5-, 8- und 10-Kilometer-Linien war die angegebene Entfernung vom Epizentrum der Explosion. Dass die vorhandenen Schutzmaßnahmen bei so einem Test völlig unzureichend waren – daran hatte keiner gedacht. Vielleicht sollte es so sein?

Was die Soldaten besonders schockiert hatte, war, dass sie einen Eid auf Schweigepflicht leisten und eine Unterschrift unter das Schreiben setzen mussten, 25 Jahre lang über alles Gesehene und Erlebte am 14. September 1954 kein Sterbenswort zu verlieren. Wer sich daran nicht halten würde, hätte später mit drastischen Folgen zu rechnen.

Ein Flüstern ging durch die Reihen und verstummte sofort unter dem finsteren Blick des NKWD-Offiziers. Das NKWD war das Volkskomitee der Inneren Abteilung. Auch nach Stalins Tod 1953 versetzte diese Abteilung das Volk in Angst und Schrecken. Die Armee war da keine Ausnahme.

Niklas war müde von der Grübelei. Er wollte schlafen, aber das Brennen in den Augen und der Kopfschmerz ließen es nicht zu.

Er kehrte in den Morgen dieses Tages zurück. Sie waren mit dem General unterwegs zur Zone X, wo sich, ganz weit weg in der Steppe, die Vorbereitungen für das wichtige Ereignis konzentrierten.

Es kündigte sich für den September ein ungewöhnlich warmer Tag an. Das Laub der Birken des nahe liegenden Hains war noch grün, aber mit leuchtendem Gelb hier und da durchflochten. Die ersten Sonnenstrahlen verdrängten die

Morgendämmerung und erhellten den wolkenlosen blauen Himmel. Es war ein Traumwetter, ideal für die Erntearbeiten auf dem Feld und im Garten. Niklas erinnerte sich noch an das betriebsame Schuften tags und nachts im September des letzten Jahres. Je mehr sie sich der Zone näherten, desto unheimlicher wurde es ringsherum. Da eine leere Siedlung, hier ein verlassenes Einzelgehöft. Die Bewohner der dem Übungsplatz nahe liegenden Ortschaften waren zwangsumgesiedelt worden. In einer erheblichen Entfernung hatten die Soldaten seit dem Frühling neue Holzhäuser für die Menschen fertiggestellt. Unheimlich still war es auf der Straße der verlassenen Siedlung. Eine ebenso beklommene Stille herrschte auch auf den Feldern. Die goldenen Ähren der Weizen- und Roggenfelder, schwer und sonnengetränkt, warteten vergebens auf den Bauer.

Dagegen herrschte reges Leben in der Zone X. Seit Monaten war das Fußvolk der Division hier voll im Einsatz. Schutzgräben wurden aufgeschüttet, die in zwei Halbbogen in Abständen von fünf, acht und zehn Kilometern einen großen gelben Kreis umringten. Es wurden Viehstallungen gemauert, provisorische Wohnhäuser aufgebaut. Vom Bahnhof näherte sich die letzte Kolonne der Lastwagen, mit Militärtechnik beladen, die in markierten Abständen platziert wurde. Vieh-

43

herden – Schafe, Ziegen und Kälber –, von den Soldaten herangetrieben, wurden teilweise in den Stallungen untergebracht, teilweise an die Räder der Technik festgebunden.

In einer bedeutenden Entfernung von dem ganzen Tumult war für die Stabsleute und Staatsgäste auf einem Hügel ein Beobachtungsturm errichtet worden, der sowohl über eine einladende Hochplattform als auch über einen Aufzug in den unterirdischen Bunker verfügte. Dorthin lenkte Niklas seinen Wagen.

6. Kapitel

Am selben Morgen, dem 14. September, hatten sich Lisa und Anna auf den Weg zu den Kartoffelfeldern gemacht. Die beiden kleinen Jungs waren bei Oma Katharina bestens aufgehoben. Der nächtliche Exkurs in ihre Jugend, der kurze Schlaf und die quälende innere Unruhe spiegelten sich in Lisas Gesicht wider.

Sie zog die Schultern fröstelnd hoch, obwohl die Morgenfrische des Septembers allmählich von den warmen Sonnenstrahlen vertrieben wurde. Das vom Tau am Feldwegrande glitzernde Spinngewebe des Altweibersommers versprach einen warmen Herbsttag.

Die Zugvögel, noch träge von der nächtlichen Ruhepause vor der langen Reise in die warmen Länder, zogen ihre Sammelkreise im klaren blauen Himmel. Lisa verfolgte die Vogelschar mit den Augen.

Anna schaute ihre schweigsame Freundin von der Seite an.

»Gut ausgeschlafen siehst du nicht gerade aus. Hat der Kleine wieder einmal Tag und Nacht verwechselt?«

Lisa strich sich eine Locke aus dem Gesicht.

»Das ist es nicht. Ich spüre so eine Unruhe in meinem Herzen. Ich weiß ganz genau, auch wenn Niklas sehr weit weg ist, es hängt mit ihm zusammen.«

Anna schwieg eine Weile und überlegte. Dann versuchte sie die Freundin zu beruhigen.

»Mensch Lisa, was soll deinem Niklas schon passieren? Er dient brav dem Vaterland und seit neun Jahren haben wir keinen Krieg mehr.«

Lisa antwortete nicht, sondern suchte in ihrem Innern nach der Ursache ihrer Unruhe. Wie schön, dass die Gedanken eines Menschen nicht zu lesen waren! Man konnte frei denken und schweigen. Diese Angewohnheit hatte Lisa seit ihrer Kindheit. Sie war eine einfache Frau und gehörte einer Minderheit der 110 Völker, Völkerschaften und Nationalitäten Russlands an – sie war eine Russlanddeutsche. Lisa verstand schon, warum ihr Volk als deutsche Minderheit die Abneigung der Machthaber des Landes während des zweiten Weltkrieges zu spüren bekommen hatte.

Die Russlanddeutschen wurden von dem Diktator Josef Stalin und den Stalinisten als Volksfeinde und potenzielle Verräter abgestempelt und als solche entsprechend behandelt. Aber welches Volk war schon von den Repressalien verschont geblieben? Russen, Ukrainer, Balten, Kaukasier – sie alle lebten Jahrzehnte lang in ständiger Angst. Die Hetzjagd begann in den 30er-Jahren und wollte kein Ende nehmen. Die von Stalin betriebene Politik der »Säuberung« betraf die Armee ebenso wie die Partei und lieferte unaufhaltsam Menschenmaterial für die Maschinerie GULAG. Nicht mal der schreckliche 2. Weltkrieg hatte daran etwas geändert. Als Stalin 1953 starb, atmeten Millionen von Menschen auf. Sie dachten, dass die Zeiten der Ängste, der Verleumdungen und Verdächtigungen, der unbegründeten Verurteilungen endlich vorbei seien.

Neun Jahre herrschte nun Frieden auf Erden. Der Preis dafür war hoch, viel zu hoch – Millionen von Menschen hatten ihn mit ihrem Leben bezahlt. Die Sieger über Hitler konnten sich nicht einigen. Nach 1945 stieg die Machtprobe von Ost und West in eine neue Runde – in den »Kalten Krieg«.

Anna versuchte ihre Freundin in ein Gespräch zu verwickeln, aber Lisa blieb schweigsam und hing ihren Gedanken nach. Als siebenjähriges Kind erlebte sie damals die Angst als alles beherrschende Gefühl. Es waren die Nächte, in denen der »Schwarze Rabe« – das Auto des Geheimdienstes – langsam durch das Dorf fuhr, hier und da anhielt und das laute Klopfen an die Tür die Menschen aus dem unruhigen Schlaf riss. Dann hieß es Abschied nehmen von den Liebsten. Der Betreffende wurde abtransportiert und eine lähmende Ungewissheit über sein Schicksal blieb zurück – für Monate, Jahre, manchmal für immer.

In jedem Ort, in jeder Organisation, sei es in der Stadt oder auf dem Land, überall hatte das NKWD seine Leute, die dem Komitee Informationen zusteckten. Es war eine schlimme Zeit, in der keiner, aber auch keiner sich sicher war, ob er nicht der Nächste sein würde. Die Menschen wurden misstrauisch und schweigsam. Man hatte Angst vor dem Nachbarn, vor dem Bruder, vor dem Freund. Die Angst regierte das Leben.

Lisas Hände sammelten fast automatisch die prachtvollen Knollen in den Eimer, aber an der lebhaften Unterhaltung der Frauen auf dem Feld beteiligte sie sich kaum. Alle Säcke und Eimer waren gefüllt. In Erwartung des Pferdetransportes machten die Freundinnen eine kleine Ruhepause. Anna drehte den Kopf zum Feldrand und sagte zu Lisa:

»Schau mal, wer da die Zügel schwingt: Ist das nicht dein Onkel Abram?«

Lisa blinzelte in der Sonne und begrüßte fröhlich den hageren Mann, der tatsächlich ihr Onkel war und sofort mit dem Aufladen der Kartoffelsäcke begann. Er beeilte sich, seiner Nichte die vollen Eimer abzunehmen, und scherzte dabei.

»Lisa, Menschenskind, nicht zu glauben, dass du schon zwei Söhne hast. Siehst ja aus wie eine Halbwüchsige. Bist in meiner Abwesenheit kaum gewachsen, was?« Lisa lächelte nur.

»Was schreibt dein Rotarmist? Hat sich in der Armee nach dem Tode des ›Großen Vaters aller Völker‹ was geändert?«

Er nannte keinen Namen, aber Lisa verstand ihn, denn so wurde nur einer genannt – Stalin.

»Sie kennen ja die Männer, Onkel Abram. Niklas ist nun mal kein großer Freund von Briefeschreiben. Die letzte Post von ihm kam Anfang August. Heute haben wir schon den 14. September.«

Onkel Abram versuchte sie aufzumuntern. »Sorge dich nicht, Lisa! Es gibt Momente, da kann oder darf man keine Briefe schreiben.«

Sie schaute in sein plötzlich so ernstes Gesicht.

»Sie müssen es ja wissen!«, meinte sie und seufzte kurz.

Lisas Onkel nahm die Zügel in die Hände, pfiff durch die Zähne und lenkte die Pferde über den unebenen Boden zum Feldweg. Anna nahm die leeren Eimer in die Hände und fragte ihre Freundin im Gehen:

»Sag mal, hat dein Onkel wirklich für einen Schelmenstreich mehrere Jahre im Gefängnis verbracht?«

»Ja, hat er. Genau zehn Jahre auf den Tag hat er dafür abgesessen.«

Lisa musste sofort an die Leidensgeschichte ihres Onkels und seiner Familie denken. Er war ein lebendiges Beispiel der Willkür des Horrors der

Stalin-Zeit.

»Erzähl!« Anna war ganz Ohr. Sie versuchte mit ihrem Eimer in der Furche neben Lisa zu bleiben.

Lisa schaute sich nach allen Seiten um und begann dann halblaut zu erzählen.

»Tante Tina und Onkel Abram waren des Öfteren bei uns zu Besuch. Zwischen meiner Mutter und Onkel Abram herrschte eine Art Geschwisterliebe, die zu beneiden war. Wie weit ich auch zurückdenke, es war schon immer so. Einer war für den anderen da. Deswegen fühlte sich meine Mutter für die Familie ihres Bruders auch verantwortlich, als dieser eines Nachts im Jahre 1941 von dem ›Schwarzen Raben‹ abgeholt wurde.«

Lisa verstummte für eine Weile.

»Was war passiert?« Annas Neugier war nicht zu überhören.

»Es wurde nicht groß rumposaunt, aber hinter vorgehaltener Hand munkelte man, ein blöder Scherz wurde meinem Onkel zum Verhängnis. Es war so. Sie saßen gemütlich zu dritt nach Feierabend bei einer Flasche Wodka und spielten Schach.

Wie bekannt, ließ sich Stalin schon zu Lebzeiten feiern. So stand im Kontor der Kolchose eine Büste des ›Großen Vaters‹ … Ordentlich angeheitert, denn bei einer Flasche war es nicht geblieben, dazu noch durch die gewonnenen Schachpartien gut gelaunt, drehte sich Onkel Abram eine Zigarette aus Zeitungspapier und Tabak.

Anstatt die Zigarette später in der Konservenbüchse, die als Ascher diente, auszudrücken, klebte mein Onkel den Stummel mit den Worten ›Hier, Josef, rauch die mal zu Ende!‹ der Büste an den Mund.

In derselben Nacht wurde er abgeholt. Ohne einen Prozess zu bekommen, wurde Onkel Abram zu zehn Jahren Gefängnis verurteilt. Es war ein böses Erwachen für ihn, aber auch für Tante Tina und die drei kleinen Kinder.«

»Wie ich weiß, hat deine Tante den Krieg nicht überlebt.«

Anna drehte eine besonders große Kartoffel in der Hand. Aus zwei Knollen vereint, hatte sie die Form eines Herzens angenommen.

»Guck mal, Lisa! Ist die nicht schön? Die behalten wir für das Erntedankfest, was meinst du?«

Lisa nahm ihr die Knolle aus der Hand, säuberte sie von den Erdkrümeln und fuhr mit dem Finger an den Rundungen entlang.

»Gute Idee!«

Anna wendete sich wieder der Arbeit zu. Um bei der Unterhaltung zu bleiben, fragte sie:

»Woran ist deine Tante denn gestorben?«

Lisa war auf einmal die Lust am Berichten vergangen und sie sagte kurz: »An Brucellose.«

Diesen schrecklichen Tag, als Tante Tina starb,

würde sie nie vergessen. Immer noch hatte sie die im Schock erstarrte Mutter vor Augen und das hemmungslose Weinen der Kinder im Ohr. Die drei wurden zu Halbwaisen oder Waisen, wie man es nahm, denn ob Onkel Abram jemals aus dem Gefängnis zurückkehren würde, wusste kein Mensch. Sie kamen zu den Großeltern. Die Kleinen verhungerten fast und waren gezwungen, betteln zu gehen. Wann immer sie bei Tante Katharina vorbeikamen, steckte sie ihnen etwas zu, auch wenn es nur ein paar Möhren waren.

Anna ließ nicht locker.

»Die Männer waren an dem Abend beim Schachspiel doch zu dritt. Dein Onkel wurde verurteilt. Einer von den beiden anderen hat also …«

Sie kam mit der Formulierung ihres Gedankens nicht zu Ende, denn durch ängstliche Ausrufe der Ratlosigkeit rundherum wurden sie vom Gespräch abgelenkt. Die Arbeit auf dem Feld war zum Stillstand gekommen. Etwas Ungewöhnliches war passiert, denn alle schauten zum Horizont.

»Was ist das? Woher kommt es? Lieber Gott, so was habe ich noch nie gesehen! Ist es Rauch? Es formt sich so interessant!«

Einen ganzen Mischmasch von Gefühlen hörte man aus den Stimmen heraus – Furcht, Interesse, Neugierde. Lisa drehte den Kopf ebenfalls zum Horizont – und erstarrte. Die in ihr lodernde Unruhe hatte sich in Sekundenschnelle in eine Art Panik verwandelt.

Der Auslöser dafür war ein gewaltiger schwarzer Pilz. Er stieg am weiten Horizont in den Himmel empor und war so unheimlich, dass es Lisa den Hals zuschnürte und ihr den Atem verschlug. Der Wind trieb den Pilz in eine andere Richtung und er verschwand allmählich aus den Augen der erschütterten Menschen.

In Schweigen gehüllt verrichteten sie ihre Arbeit bis zur Mittagspause.

Auf dem Rückweg nach Hause schlug Anna der Freundin vor, mit den Kindern zu ihr zu ziehen.

»Deine Sommerstube ist doch so winzig. Ich habe im Hause ein großes Zimmer leer stehen – da ist genug Platz für euch. Wir könnten zusammen wirtschaften. Was meinst du?«

Lisa wollte es sich überlegen. Sie war mit den Gedanken noch immer bei der furchterregenden Erscheinung am Himmel.

Im Dorf hatte man den schwarzen Pilz ebenfalls beobachtet und er war in aller Munde. Lisa bekam das Bild nicht aus dem Kopf. Wie ein böses Omen verfolgte es sie.

Dunkle Wolken bildeten sich im Laufe des Tages. In der Nacht regnete es. Ein seltsamer Regen – schwarzer Ruß fiel auf die Dächer, Bäume und das grüne Gras.

In dieser Nacht träumte Lisa sogar von dem Pilz, der auf einmal einen langen Schatten warf. Der Schatten wuchs, verfolgte sie. Sie bemühte sich dem schwarzen Ungeheuer zu entkommen, versuchte wegzulaufen, den hellen Sonnenstreifen dahinter zu erreichen – vergebens, sie hatte keine Chance!

Mit vor Angst flatterndem Herzen schreckte sie schweißgebadet aus dem Schlaf. Mein Gott, was hatte das bloß alles zu bedeuten?

Was keiner wusste – noch tagelang trieb der Wind den radioaktiven Staub über die Steppe in alle Richtungen, den unsichtbaren schleichenden Tod. Die Menschen tuschelten, rätselten, stellten Fragen, bekamen aber keine Antworten. Niklas Sonnberg – der kannte sie.

Lisa wartete vergebens auf Post von ihrem Mann. Irgendwann im Oktober bekam sie eine kurze Nachricht, in fremder Handschrift geschrieben – Niklas sei auf einer Geschäftsreise. Sie solle sich keine Sorgen machen.

Zu der Zeit war Lisa schon zu der Freundin gezogen. In der Wohngemeinschaft von zwei Frauen und vier Kleinkindern trafen sie die Vorkehrungen für den langen kalten Winter.

Der Schnee fiel früh in diesem Jahr und blieb auch liegen. Um sicher durch den Winter zu kommen, brauchten die Frauen mehr Brennholz. Tagsüber waren sie zur Arbeit. Für die Kinder hatten sie eine Babysitterin gefunden, die nach Absprache auch am Abend bereit war, auf die Kinder aufzupassen. Dann gingen die Frauen zum Fluss und hackten dem Ufer entlang Holz im Gebüsch. Es war keine leichte Arbeit, besonders für die zierliche Lisa. Die schweren Bündel schleppten sie den Hang hoch und dann zum Dorf. Keuchend und verschwitzt kamen sie dann zu Hause an. Um die dicken Äste zu zerhacken, reichten die Kräfte nicht mehr. Diese Arbeit wurde auf den nächsten Abend verschoben.

Anna klopfte ihre Filzstiefel und die Watte-Jacke vom Schnee ab und meinte seufzend:

»Eins, Lisa, weiß ich mit Sicherheit, sobald mein Walter aus der Armee zurück sein wird, mit keinen zehn Pferden kriegt er mich an den Fluss zum Holzhacken.« Sie lachte auf einmal laut und schubste Lisa von der Seite an. »Vielleicht nur zum Knutschen im Gebüsch! Dazu lasse ich mich noch überreden.«

Lisa lächelte müde.

»Da musst du dich wohl noch 'ne Zeitlang geduldigen. Komm, die nassen Sachen müssen zum Trocknen ausgehängt werden.«

Es erklang eine weinende Kinderstimme. Die Frauen eilten ins Haus.

7. *Kapitel*

Zwei Monate lang hatte Niklas Sonnberg im Militärhospital verbracht – zwei Monate Bangen und Hoffen in totaler Dunkelheit, sehr oft der Verzweiflung nahe. Worüber er besonders staunte und unglücklich war: dass ihn sein Freund Peter Hasfeld nicht besuchte.

Er hatte so viele Fragen an ihn und er brauchte jemanden zum Reden, jemanden, dem er vertrauen konnte. Er wollte Peter außerdem bitten, Lisa eine Nachricht zukommen zu lassen.

Und jetzt zeigte sich der Kerl überhaupt nicht! In einem Moment der Trostlosigkeit äußerte er dem Bettnachbarn seine Meinung über »echte Freunde«. Der junge Soldat meinte dazu:

»Urteilen Sie nicht zu hart, Genosse Unteroffizier. Sie sind nicht der Einzige, der über das Ausbleiben der Besuche hadert. Ich habe nämlich aus einer sehr vertrauensvollen, blonden Quelle im weißen Kittel eine Information, dass alle Besuche zu den Verwundeten vom 14. September streng untersagt sind.«

Der Soldat lächelte vor sich hin und dieses Lächeln war auch aus seiner Stimme herauszuhören. Niklas stützte sich liegend auf den Ellbogen und fragte überrascht in Richtung der Stimme:

»Sag bloß, die Besucher werden an der Pforte schon abgewimmelt?«

Der Soldat meinte ernst:

»Ihr Freund bestimmt nicht, denn das Besuchsverbot ist doppelt verhängt worden – vom Stützpunkt aus und von der Hospitalleitung ebenso.«

Nach einer kurzen Überlegung fragte Niklas:

»Eins würde mich interessieren, Soldat – woher weißt du, dass deine vertrauliche Quelle blond ist? Oder täuschst du die Blindheit nur vor?«

»Schön wär's! Nein, bei der Augenbehandlung fuhr ich kurz mit der Hand über ihr Haar. Es war wie ein Wärmestrahl der Sonne auf der Haut. Ich war sofort überzeugt – diese Haare sind blond!«

Niklas ließ nicht locker.

»Und, sind sie es?«

Mit einer Spur von Unsicherheit kam die Antwort: »Sie hat es bestätigt.« Nach einer kurzen Pause fügte er hinzu: »Sie hätte auch lügen können, was ich nicht hoffe.«

Niklas meinte verbittert:

»Jetzt können wir all das Schöne, das an den Frauen ist, nur noch mit den Fingern ›sehen‹.«

Er war verzweifelt. Im Zimmer herrschte bedrückende Stille.

Niklas lehnte sich zurück.

»Werde ich es jemals lernen? Ich will es gar

nicht lernen! Ich will mein Augenlicht wiederbekommen, versteht ihr das?«

Es kam wie ein Echo aus allen Ecken des Raumes zurück: »Wer will es nicht?«

Der Atombombentest, bei dem Niklas sein Sehvermögen verloren hatte, war nur ein Teil des Programms der Auseinandersetzung zwischen den Weltmächten Ost und West nach dem 2. Weltkrieg. Als Alliierte befreiten sie die Welt vom Faschismus, aber danach entbrannte ein erbitterter Kampf zwischen den ehemaligen Siegern – ein Kampf um die Herrschaft. Bezeichnet wurde er als »Kalter Krieg« und die Eskalation zog ihre Kreise.

Zwei Rivalen standen sich gegenüber – die USA und die Sowjetunion. In den Nachkriegsjahren wurde beiderseits fieberhaft aufgerüstet, geforscht und getestet. Unermessliche Geldsummen steckte man in diese Arbeiten.

Am 6. August 1945 wurde von den Amerikanern über Hiroshima eine Atombombe gezündet. Ihre Detonation kostete Tausende und Abertausende Japaner das Leben, hinterließ eine schreckliche Verwüstung und den Überlebenden sowie ihren Nachkommen eine verseuchte Zukunft.

Die Russen opferten das eigene Volk. Der Test am 14. September 1954 wurde streng geheim vorbereitet und planmäßig durchgeführt. Zum Plan gehörte auch, allen, die an der Durchführung des Tests beteiligt waren, mit dem geleisteten Eid auf Schweigepflicht für 25 Jahre den Mund zu verbieten. Der Befehl vom KGB lautete: »Alles aus dem Gedächtnis streichen!« Aber die Erinnerungen konnte man nicht einfach so wegradieren.

In den qualvollen Nächten und der stickigen Luft des Krankenzimmers hatte Niklas immer wieder Albträume. Er hörte dann diesen Megaknall. Die Erde bebte eine Zeit lang und bäumte sich auf. Es schien, als wehrte sie sich und könnte nicht begreifen, wie jemand es wagte, ihr so eine Wunde zuzufügen, so ein Riesenloch in ihren Leib zu reißen. Seit Jahrtausenden gab sie den Menschen Nahrung und Wasser, spendete Wärme in der Kälte und Schatten in der Hitze. Es waren ihre Kinder. Sie schützte und nährte sie im Leben und nahm sie nach dem Tode in sich auf. Es war abgründig falsch, was da passierte.

Die Soldaten in den Schutzgräben waren betäubt, das Blut erstarrte ihnen in den Adern. Dem Knall folgte ein Lichtblitz, als ob tausend Sonnen gleichzeitig aufflammten, der alles um sich herum verglühte, verschmolz, verbrannte. Sei es Tier oder Mensch – je näher sie sich an dem Riesenkrater befanden, umso geringer war ihre Chance, den Flammen zu entkommen.

Wer mit ungeschütztem Auge den gleißenden Schein verfolgte, der war für sein Leben lang geblendet. Die entstandenen Luftlöcher verstärkten das Feuer. Begleitet wurde das Inferno von einer Druckwelle, die alles auf ihrem Wege zerschmetterte, zerquetschte, zerdrückte. Sie legte es in Schutt und Asche, um dann ihr vollendetes Werk in der Form eines Riesenpilzes in den geschundenen Himmel steigen zu lassen.

In der folgenden Nacht fiel ein schwarzer radioaktiver Regen auf die Steppe – es regnete einen unsichtbaren tückischen Tod.

Diesen Niederschlag hatte Niklas schon nicht mehr gesehen und gespürt. Nach dem blendenden Lichtstrahl war der Pilz das Letzte, was er sah, als die schweren Baumstämme der Abdeckung des Schutzgrabens, Schicht um Schicht, von der Druckwelle wie Streichhölzer weggepustet wurden. Das schwarze Ungeheuer stieg in die Höhe, Niklas aber sank, von den brennenden Schmerzen ohnmächtig geworden, auf den Boden des Grabens. Er hörte noch Schreie, Gebete, Stöhnen, Fluchen – dann war alles weg.

Niklas schreckte schweißgebadet aus dem unruhigen Schlaf, stand auf. Er tastete sich an den Bettenden entlang zum offenen Fenster und zündete sich eine Zigarette an. Er dachte an seine Frau Lisa, an die Söhne und sehnte sich nach ihnen.

Manchmal waren Niklas' Träume sonnig. Er

erlebte den Sonnenaufgang, das Kitzeln der immer wärmer werdenden Sonnenstrahlen am frühen Sommermorgen auf seinem Gesicht, und ein Gefühl der Leichtigkeit und Freude erfüllte ihn. Ein anderes Mal war es der Sonnenuntergang, der den weiten Horizont in Flammen aufgehen und im Zwielicht die Schatten so langbeinig erscheinen ließ.

Eine Nacht träumte er von einem Sonnenblumenfeld, er und seine Frau mittendrin. Sie küssten sich. Das Bild war so real, dass er sich wünschte, nicht aufwachen zu müssen. Aber jeder Traum ging irgendwann zu Ende. Dann wurde Niklas von der Unendlichkeit der Dunkelheit umarmt und sie drohte ihn zu ersticken.

Kein Lichtfunke, kein Lichtstreifen war zu sehen, oder wenigstens ein schimmernder Punkt in der Ferne, der ihm eine winzige Hoffnung auf Genesung schenkte. Nichts.

Niklas versuchte trotzdem immer positiv zu denken. Er war jung, kräftig, fröhlich gesinnt. Das ganze Leben lag noch vor ihm und er ließ keinen anderen Gedanken zu, als endlich gesund zu werden.

Und er siegte! Eines Morgens wurde Niklas von einem Strahl der aufgehenden Sonne geweckt, der sich seinen Weg durch das gelbe Laub der Birke im Vorgarten des Hospitals, dann durchs offene Klappfenster des Krankenzimmers bis zu seinem Kissen gebahnt hatte.

Die Dunkelheit um ihn schien zu weichen und machte einer Dämmerung Platz, die verschwommene Konturen preisgab. Niklas hielt den Atem an, setzte sich vorsichtig auf und schaute sich nach allen Seiten um. Er konnte sehen! Ja! Die Bilder seiner Umgebung waren noch unklar, aber sein Augenlicht kam zurück! Obwohl in ihm alles brodelte, kam es ganz leise und bedächtig von seinen Lippen:

»Jungs, ich kann euch sehen. Verdammt, ja, ich sehe!«

Die Genesung schritt voran. Nach einer Woche wurde der Unteroffizier Niklas Sonnberg aus dem Hospital entlassen. Er freute sich riesig auf das neu gewonnene Leben mit all seinen Farben und auf das Wiedersehen mit Peter Hasfeld.

Die Freude hatte aber einen bitteren Beigeschmack, denn nach dem 14. September war alles anders geworden.

Peter gestand seinem Freund, Lisa eine kurze Nachricht geschickt zu haben.

Niklas fragte gerührt:

»Konntest du meine Gedanken aus der Ferne lesen?«

Er forschte in Peters Gesicht, seine bedrückte Stimmung war ihm nicht entgangen.

»Mach dir keinen Kopf! Ich weiß, dass du

nicht in der Lage warst, mich zu besuchen. Hab es verstanden. Erzähl mal, wie war denn der Tag nach der Explosion?«

Peter räusperte sich und begann fast im Flüsterton:

»Eigentlich ist es strengstens verboten, sich über die Einzelheiten des Tests zu unterhalten, aber es brennt mir auf der Seele. Wie du weißt, war ich am 14. September unterwegs und kam ganz spät aus dem Stab zurück. Die Zustände auf dem Stützpunkt ähnelten denen in einem Krieg. Ich wurde für den nächsten Tag einer zusammengewürfelten Gruppe zugeteilt, fünf Soldaten davon kamen aus einem Strafbataillon. Diesen Männern wurde ein Ziel gestellt: bis zum Epizentrum der Explosion vorzudringen.

Unsere Aufgabe lautete, alle Veränderungen auf dem Gelände der 5-, 8- und 10-Kilometer-Linien zu beobachten und für den Bericht festzuhalten. Mann, war das ein Report!«

Niklas hörte gespannt zu. »So schlimm?«

Peter schaute sich vorsichtig um, aber im Gemeinschaftsraum saßen nur ein paar Soldaten, die vor dem Radio gespannt ein Fußballspiel verfolgten. Er drehte sich wieder zu Niklas.

»Das muss man gesehen haben! Man kann sich so etwas Schreckliche kaum vorstellen. Je näher wir der 3-km-Zone kamen, desto verwüsteter sah es aus. Alles – das Gras, die Steppenblumen, die Sträucher – war verdorrt, verbrannt, verkohlt, in schwarze Asche verwandelt. Die ganze Steppe war braun bis schwarz geworden – die Farbe Grün existierte nicht mehr.«

Peter sprach schnell, vielleicht, um die grauenvollen Bilder loszuwerden.

»Erinnerst du dich noch an den schönen Birkenhain unweit des Übungsplatzes?« Niklas nickte zur Bestätigung. »Er sah gespenstisch aus – eine Brandstätte mit langen schwarzen Kerzen, die aus Ruß und Asche in den Himmel ragten. Beim leichtesten Windhauch hob sich dieses Zeug in die Luft. Und du kennst ja unsere Steppenwinde. Wir konnten manchmal nur unsere Hände vor den Augen sehen.« Peter verstummte.

Niklas atmete schwer.

»Und wie sah es mit den Schutzmaßnahmen aus?«

Peter grinste schief.

»Uns wurde gesagt, dass die Gefahr der Verstrahlung in den Tagen nach der Explosion ganz gering sei. Wir bekamen nur Schutzmasken. Die Schutzanzüge hielten die Stabsleute für überflüssig. ›Braucht ihr nicht! So gefährlich ist es nun wirklich nicht.‹

Danach klopften wir die Uniformen und Stiefel vom Staub und Ruß ab. Abends auf dem Stützpunkt durften wir uns dann waschen und die Uniformen wechseln. Das zum Punkt

›Schutzmaßnahmen‹.«

Die letzten Worte kamen mit einer bitteren Ironie aus seinem Mund:

»Es gibt ein russisches Sprichwort: *Na boga nadejsja, a sam ne ploschaj,* was heißt: ›Hilf dir selbst, so hilft dir Gott.‹ Ich hatte von Anfang an beschlossen, mich selbst zu schützen.«

Peter machte eine Pause, fuhr sich hektisch mit beiden Händen durchs Haar und setzte fort:

»Noch morgens vor dem Abmarsch hatte ich ein Handtuch und ein Paar Schnürsenkel eingesteckt. Als wir die Zone X betraten, ertönte der Befehl: ›Verstrahlungsgefahr! Gasschutzmasken aufsetzen!‹«

Peter schaute den Freund kurz an.

»Ich hob den Kragen meiner Uniform und umwickelte meinen Hals mit dem Handtuch. Erst dann setzte ich die Maske auf. Weiter zog ich die Hosenbeine aus den Stiefeln. Ich umspannte sie unten mit den Schnürsenkeln. Die belustigte Reaktion der Soldaten war mir in dem Moment so was von egal. Das Lachen verging den Jungs ganz schnell, als uns der schwarze Staubsturm einhüllte.«

Die Freunde wurden auf einmal von lauten Ausrufen aus der Ecke gestört, wo die beiden aufmerksamen Zuhörer zusammen mit dem kreischenden Kommentator aus dem Radio das lang ersehnte Tor ihrer Lieblingsmannschaft bejubelten. »Tor! Tor! Dinamo Kiew führt!«

Niklas und Peter konnten noch nicht in die Realität zurück, das Todesgelände der Zone X hielt sie fest. Peter sprach jetzt schnell, verschluckte die Wortendungen, als ob er sich eilig von einer inneren Last befreien wollte.

»Du hättest diese Militärtechnik sehen sollen, oder das, was von ihr übrig geblieben war. Auf der 10-Kilometer-Linie war sie verschoben worden, teilweise zerteilt, mit Ruß bedeckt. Du standest wie auf einem riesigen Schrottplatz und dazu noch einem ziemlich chaotischen.

Am Rad einer schweren Artillerielafette war eine Ziege festgebunden. Ihr Fell war versengt, hing struppig herab, aber das Tier lebte. Wie lange es sich noch quälen musste, konnten wir nicht ahnen. Einer von uns gab ihr den Gnadenschuss. Auf der 8-Kilometer-Linie sah es schlimmer aus. Die aufgereihte Technik war wie von einer Riesenkraft ineinandergeschoben, zum Teil verbrannt, die Räder hatten keine Reifen mehr. Der Schutzarm eines Panzers war in einen Knoten verbogen und er selbst bis zu einem halben Meter in den Boden gedrückt. Die Tiere waren enthäutet, verbrannt und alles war schwarz bestäubt. Auf der 5-Kilometer-Linie konnten wir nur raten, zu welcher Art Militärtechnik die verschmolzenen Teile gehörten, an denen Überreste von den Tieren klebten.

Und das Epizentrum selbst, wie die drei Sträflinge später erzählten, war eine einzige schwarze Wüste mit einem Riesenkrater in der Mitte, der auf unseren Bewegungskarten als ein gelber Kreis verzeichnet war.«

Peter lehnte sich müde zurück auf die Stuhllehne, schloss die Augen. Er bemühte sich von dem Mitgeteilten Abstand zu gewinnen.

Niklas aber musste es erst mal verdauen. Die Freunde saßen eine Weile still nebeneinander. Im Zimmer war nur die Stimme des Kommentators aus dem Radio zu hören. Nach einer Weile fuhr sich Peter abermals durchs Haar und drehte sich zu seinem Freund.

»Und deine Augen, Niklas? Sind die jetzt in Ordnung?«

Niklas antwortete wortkarg:

»Ich muss zum Schutz während der Fahrten die Sonnenbrille benutzen. Ansonsten … es wird schon.« Ihn beschäftigte etwas, was er unbedingt loswerden wollte. »Wieso spielt die Armeeleitung die Gefahren runter, verharmlost die Bedeutung der Verstrahlung für unsere Gesundheit und die unserer Kinder?«

Peter fügte hinzu: »Wenn wir überhaupt welche bekommen. Dich betrifft es ja nicht.«

Dazu meinte Niklas verbittert:

»Schreibst du mich mit zwanzig Jahren schon ab als Mann?«

»Nein, ich meine nur, weil du in dem Punkt schon vorgesorgt hast. Es trifft vielleicht nicht zu, aber ich habe irgendwo gelesen, dass die Zeugungskraft eines Mannes von der Verstrahlung in Mitleidenschaft gezogen werden kann.«

Jahre später würde Niklas an diese Worte seines Freundes denken.

Er klopfte Peter beruhigend auf die Schulter.

»Mach dich nicht im Voraus verrückt!«

Niklas beschäftigte im Moment ein anderes Problem, über das er mit Peter aber nicht reden wollte. Bei der Entlassung aus dem Hospital wurde er vor eine Medizinische Kommission gebeten, die ihm ihre Prognose für sein zukünftiges Leben mitteilte. Die Ärzte und Professoren sagten ihm eine Lebenserwartung von zehn Jahren voraus. Zunächst war er schockiert und sprachlos. In der Euphorie über seine Heilung und die lang herbeigesehnte Entlassung aus dem Hospital hatte Niklas das Urteil der Kommission nicht ernst genommen. Trotzdem musste er immer daran denken. Er glaubte den Ärzten nicht hundertprozentig, denn über seine Blindheit hatten die auch nichts Genaues gewusst.

Nach langem Überlegen beschloss er die Sache für sich zu behalten. Sie sollte sein persönliches Geheimnis bleiben. Nicht Lisa, nicht seine Söhne, nicht Peter – keiner sollte davon etwas erfahren.

Um nicht in Schwierigkeiten zu geraten, sprachen die Freunde das Thema *14. September* nie wieder an.

Nach weiteren zwei Jahren Dienst in der Sowjetarmee war auch dieser Lebensabschnitt der beiden zu Ende. An einem ungemütlichen regnerischen Novembertag traten sie die Heimreise an.

8. Kapitel

Niklas feierte erst einmal ausgiebig seine Rückkehr. An seine Söhne, besonders an den Kleinen, musste er sich neu gewöhnen. Anna erwartete jeden Tag ihren Walter aus der Armee. Es war an der Zeit, die Wohngemeinschaft zu beenden. Lisa und Niklas kauften sich ein altes renovierungsbedürftiges Häuschen, das durch den Wegzug einer Familie ganz günstig zu erwerben war. Was gut war: Niklas konnte seinen Beruf weiter ausüben – er begann als Fahrer eines Tankwagens und war den ganzen lieben Tag unterwegs. Durch seine Arbeit hatte er allerdings wenig Zeit für die Familie. So blieben Haushalt, Kindererziehung, Hof und Garten an Lisa hängen. Nach kurzer Zeit wurde sie mit dem dritten Kind schwanger. Sie wunderte sich über die Reaktion ihres Mannes auf ihre Mitteilung: So froh und ausgelassen, so voller Siegesfreude hatte sie ihn noch nicht erlebt.

Peter Hasfeld besuchte die Sonnbergs, sooft er konnte. Vom ersten Treffen an mochte Lisa den blonden, ein wenig schüchtern wirkenden Mann. Niki und Heinz sowieso. Sie hatten einen Bären an ihm gefressen. Wann immer Onkel Peter auf der Schwelle des Hauses erschien, wurde er von

Lisas Lächeln und dem jubelnden Aufschrei der Kinder empfangen.

Als Niklas seinem Freund Lisas Schwangerschaft mitteilte, war die Freude doppelt so groß. Die zuversichtlichen Blicke, die die Männer dabei austauschten, konnte Lisa nicht deuten.

Bei seinen Aufenthalten in Ivantal hatte Peter die hübsche Marie kennen gelernt und nach einem halben Jahr wurde geheiratet. Er zog zu seiner jungen Frau und Arbeit hatte er auf dem Autohof auch gefunden. Nur mit dem Kinderkriegen klappte es bei den Hasfelds nicht und diese Tatsache belastete das Familienleben sehr. Vielleicht war Peter deswegen in Niki und Heinz so vernarrt. Bei jedem Besuch verbrachte er mehr Zeit mit den Kindern als mit den Erwachsenen. Lisa sah in Peter auch einen Freund und verglich die beiden Männer manchmal. Sie fand, Peter hatte eine ganz andere Einstellung zu Frauen und zum Familienleben als Niklas. Bei ihm drehte sich alles um Marie, sie war sein Ein und Alles. Und er würde einen fabelhaften Vater abgeben.

Niklas dagegen handelte oft egoistisch und vergaß dabei, dass neben ihm noch jemand war, der seine Hilfe benötigte. Er hatte sich nach dem Armeedienst gewaltig verändert, was für Lisa unverständlich war. Sie bezog sein wechselhaftes Verhalten auf sich, konnte ihre Schuld aber nicht erkennen. Ihre dritte Schwangerschaft war für Niklas eine Riesenfreude. Er war überwältigt und fühlte sich stark. Im Freudenrausch drückte er seine Frau fest an sich – sie glaubte, fast ersticken zu müssen. Sie hatte so ein Gefühl, ihr Mann versuchte einem unsichtbaren Feind immer aufs Neue zu beweisen, er sei stark und nicht kleinzukriegen.

Ein paar Monate lief alles gut. Niklas kam nach Feierabend nach Hause, half in der Wirtschaft und die Kinder hatten ihre helle Freude an ihm, denn jetzt hatte der Vater Zeit, mit ihnen etwas zu unternehmen. Dann gingen sie mit dem Ball auf die Wiese oder eine Schwimmstunde im Fluss hinterm Garten war angesagt. Das laute Gekreische des kleinen Heinz schallte dann bis zum Hof, wo Lisa zur Dämmerstunde die Kuh molk.

Müde vom Toben im warmen Wasser und überglücklich, kamen ihre drei »Männer« den Pfad hinauf. Niki rief schon aus der Ferne:

»Mama, ich kann schwimmen! Kommst du morgen mit? Dann kann ich es dir zeigen!«

Der Kleine wollte mithalten. »Ich auch, ich auch!«

Darauf reagierte Niki unwirsch.

»Ja, aber nur auf Papas Schultern.«

Lisa sah Niklas in die Augen, spürte die aus ihnen strömende Wärme und war genauso glücklich wie ihre Söhne.

Nachdem die Kinder ihre Milch ausgetrunken hatten, brachte Lisa sie zu Bett. Jetzt hatten die Eltern ein wenig Zeit für sich. Gut gelaunt gingen sie noch auf ein Plauderstündchen zu den Hasfelds.

Die laue Sommernacht breitete ihre Flügel über dem Dorf aus. Nur das Zirpen der Grashüpfer und das Quaken der Frösche vom Fluss störten die nächtliche Ruhe. Es herrschte totale Windstille. Zwei Gestalten – Niklas und Lisa, schlenderten eng umschlungen die Dorfstraße entlang. Er drückte seine Frau noch fester an sich.

»Ist dir nicht kalt?«

Lisa genoss diese Sorge ihres Mannes und diese vertraute Stunde an seiner Seite. Warum konnte es nicht immer so sein?

Wie das Leben so spielte – nicht jeder Tag war Sonnenschein. Lisa hatte den Frühling in Erinnerung. Eines Tages saß Niklas wieder mal mit leerem Blick in die Ferne da, teilnahmslos und entfremdet, unberührt von allem, was rundherum passierte. Sie waren gerade beim Frühstücken.

»Niklas!« Lisa versuchte ihn aus der Lethargie zu holen. »Niklas, du kannst doch nicht stundenlang so herumsitzen! Die Aussaat hat begonnen. Schlepp doch bitte die Kartoffelsäcke zum Gemüsegarten. Niki und Heinz werden mir bei der Saat helfen. Jeder bekommt für die Knollen ein Körbchen in die Hand gedrückt. Ich buddele mit dem Spaten die Nester, die Jungs werfen die Kartoffeln rein – wir schaffen das schon!«

Niklas blieb unbeeindruckt. Manchmal reichte es, nur die Namen der Söhne zu erwähnen, um ihn aufzurütteln. Das war heute nicht der Fall.

Lisa sah ihrem gescheiterten Versuch tapfer entgegen.

»Und noch was. Dein Bruder hat wissen lassen, wir sollten unsere Sau aus dem Schweinestall nach Hause holen – die Deckung sei geglückt.«

Lisa forschte im Gesicht ihres Mannes – nichts. Sie zweifelte, ob er überhaupt mitbekam, worüber sie ihm da berichtete.

»In ein paar Monaten bringt die Sau uns die Ferkel. Die können wir dann zum Verkauf anbieten, später auch die Sau. So kriegen wir etwas Geld aufs Sparbuch.«

Lisa versuchte mit allen Mitteln, Niklas in ihre Sorgen mit einzubeziehen.

»Das Haus ist eine totale Bruchbude. Es zieht im Winter aus allen Ecken. Das Strohdach muss erneuert werden.«

Mit einem Schluck spülte Niklas den kalt gewordenen Kaffee herunter, stand auf, würdigte seine Frau kurz eines Blickes, von dem ihr ungemütlich wurde. Wortlos stampfte er dann zur Kellerluke, wo die gefüllten Säcke aufgereiht standen, schulterte einen auf und begab sich damit zum Garten.

»Mein Gott, was ist mit ihm bloß los?« Lisa räumte unschlüssig den Frühstückstisch ab.

Seine Gleichgültigkeit war verletzend. Er fragte nicht mal, wer ihr geholfen hatte, die Säcke zu füllen.

Nachdem Niklas fertig war, kam er herein.

»Ich muss los. Es kann heute spät werden.«

Es waren seine einzigen Worte im Laufe des Morgens.

»Und die Sau? Wann …?« Lisas Frage blieb in der Luft hängen.

Was dieses »spät« anging, konnte es zweierlei bedeuten. Niklas machte mit seiner Tanke, wie er seinen Wagen nannte, zwei Fahrten zur Eisenbahnstation und kam wirklich spät von der Arbeit, oder es blieb bei einer Fahrt und er stürzte sich in einer Männerrunde in den gemütlichen Feierabend. In dem Fall konnte es sogar »sehr spät« werden.

»Verdammt! Wie schaffe ich jetzt die Sau nach Hause?«

Von all den Sorgen wurde es Lisa übel. Sie drückte die Hand auf die Magengegend und eilte zum Plumpsklo hinterm Haus.

»Nicht schon wieder! Drei Monate Quälerei reichen doch!«

Die dritte Schwangerschaft machte Lisa zu schaffen. Die ersten drei Monate wurde sie Tag für Tag morgens von heftiger Übelkeit geplagt, was sie von den ersten beiden Schwangerschaften nicht in Erinnerung hatte. Auf dem Hof ertönte eine Männerstimme. Lisa drückte die Schürze auf den Mund, stoppte mit einem tiefen Einatmen das Würgen und kam um die Ecke.

»Guten Morgen!« Peter Hasfeld lächelte ihr freundlich entgegen.

Sie nickte kurz. Er hatte im Schlepptau an seinem Wagen einen vergitterten Käfig auf Rädern, aus dem ein zufriedenes Schweinegrunzen zu vernehmen war. Mit einem einzigen Blick hatte Peter Lisas Zustand erraten, ließ es sich aber nicht anmerken.

»Du, Lisa, ich brachte unsere Sau gerade zur Deckung, da hat dein Schwager mich gebeten, euer Prachtexemplar nach Hause zu bringen.«

Lisa streckte den Arm durch das Gitter und kraulte das Schwein hinter den Ohren.

»Na, tut gut, was? Hast bestimmt Hunger! Wir beide haben in unserem Zustand ständig Hunger.«

Peter lächelte.

»Komm, ich helfe dir das Tier ins Gehege zu bringen.«

Er warf ihr beim Abschiednehmen einen besorgten Blick zu.

»Es wird schon. Bestell einen Gruß an Marie«, sagte Lisa kurz.

Peter brauchte nicht viel zu fragen. Er hatte die Männergesellschaft von gestern ganz früh verlassen, aber dass Niklas wieder mal in einem Tief steckte, daran bestand kein Zweifel. Der mürrische Blick, die derben Witze und die Mengen Alkohol, die er sich hinter den Kragen kippte, sprachen für sich.

»Der Kerl muss gestern ganz spät den Weg nach Hause angetreten haben, wenn überhaupt!«

Peter sprach es laut aus und fuhr sich mit der vom Lenken freien Hand durchs Haar. Bei dem Saufgelage war eine Frau dabei gewesen – Else Wellmann. Der schmähliche Ruf dieser Frau eilte ihr voraus. Peter hatte da etwas beobachtet, das ihn ausgesprochen wütend auf Niklas machte.

Er konnte das Bild nicht loswerden: das schrille Lachen dieser Person auf die Männerwitze und immer wieder dieses auffällige Stützen auf die Knie seines Freundes.

»Wie ekelhaft! Beim Saufen hielt diese Else mit, das muss man ihr lassen. Was danach passiert ist, kann man nur ahnen.«

Peter verzog sein Gesicht zu einer angewiderten Grimasse. Für ihn war es unbegreiflich, wie Niklas seiner Frau das antun konnte.

Er beschloss, mit dem Freund ein ernstes Wörtchen zu reden.

Niklas fand an dem Tag den Nachhauseweg wirklich sehr spät. Und die Verspätungen wurden immer häufiger. An solchen Abenden kam Lisa nicht zur Ruhe. Manchmal schickte sie Niki los, den Vater zu suchen, oder sie ging selbst. Auf Lisas Vorwürfe und lautstarke Ungehaltenheiten am nächsten Tag reagierte Niklas sonderbar. Wenn sie gekränkt an sein Gewissen appellierte, mied er den Blickkontakt, wenn sie gereizt die familiären Probleme erwähnte, schnappte er sich den kleinen Sohn und eine ausgelassene Rauferei ging los.

Das Spielen endete gewöhnlich mit jubelndem Gekreische, das den Flug des Kleinen in die Luft und darauffolgende sichere Landung in die starken Vaterarme begleitete. In solchen Momenten war Lisa so glücklich!

Eines Tages kam Niklas überhaupt nicht nach Hause. Lisa fühlte sich hundeelend. Sie war zwar zu Bett gegangen, konnte aber nicht einschlafen. Nach Mitternacht, als Niklas noch immer nicht aufgetaucht war, zog sie sich eine Strickjacke über, denn die Nachtluft war frisch geworden, und begab sich in voller Dunkelheit zum Autohof.

Suchend schaute sie sich nach allen Seiten um und erblickte im schwachen Laternenlicht auf der Parkfläche den Tankwagen ihres Mannes. Alles war still rundherum – keine Menschenseele war zu sehen.

»Das kann nicht sein! Wo steckt Niklas bloß?«

Lisa flüsterte vor sich hin. »So wie er sich in letzter Zeit verhält, kann es nur eins bedeuten – da steckt eine Frau dahinter.«

Lisa schritt die dunkle Straße entlang. Ähnlich düster sah es auch in ihrem Inneren aus. Sie war verletzt, wütend, fühlte sich verraten.

Sie war jetzt im achten Monat schwanger. Ihr Körper hatte zu viel Wasser angesammelt. Wer auch immer ihren Bauch sah, tippte auf Zwillinge. Und sie hatte diesmal richtig Angst vor der nahenden Entbindung. Irgendwie lief bei der dritten Schwangerschaft alles anders als bei den ersten beiden. Lisa fühlte sich mit all den Sorgen allein gelassen.

Es war zum Verzweifeln und höchste Zeit, Niklas zur Rede zu stellen.

Kurz vor 5 Uhr wachte Lisa auf. Sie war allein im Bett. Um die Kinder nicht zu wecken, schlich sie leise nach draußen. Es war frisch. Die Bäume, die Häuser und die Scheunen standen in der Morgendämmerung verschwommen da. Am sich aufhellenden Himmel zwinkerte der letzte Stern. Der Horizont im Osten färbte sich in ein leichtes Rosa und die Nebelschwaden vom Fluss her wurden in der Talsenke hinter dem Gemüsegarten abgebremst.

Der erste Hahnenschrei und das schmatzende Wiederkäuen der Kuh erinnerten Lisa an ihre alltägliche Aufgabe. Sie nahm den Melkeimer vom Zaunpfosten und eilte, so weit es der dicke Bauch zuließ, zu Rosa. Den blumigen Namen hatte die Kuh von Lisas Mutter, nach deren Meinung war sie doch mal so ein niedliches Kälbchen gewesen.

Lisas innere Unruhe war auf die Kuh übergegangen. Sie hob ab und zu das rechte Bein, das Wiederkäuen blieb aus. »Steh, Rosa, steh! Kannst ja gleich auf die Weide.«

Lisa trug den halbvollen Milcheimer ins Haus. Während sie die noch warme Milch schleuderte, behielt sie durchs Fenster den Nachbarhof im Auge. Die Nachbarin hatte ihre Kuh schon losgebunden und Lisa eilte zu der unruhig stampfenden Rosa und befreite ihre Hörner vom Strick. Die zufriedene Kuh graste den Löwenzahn am Zaun ab. Die Viehherde näherte sich von der Dorfeinfahrt her. Der Hirt ließ ab und zu die Peitsche knallen, zum Zeichen für die Hausfrauen, die Rinder, Schafe und Ziegen zur Straße zu treiben. Nach kurzer Zeit erinnerten an die Herde nur die zurückgebliebene Staubwolke, die dampfenden Kuhfladen und hier und da eine stark riechende schäumende Pfütze.

Den ganzen Tag verbrachte das Vieh auf der Weide. Am Abend vor dem Sonnenuntergang wiederholte sich die Prozedur: Müde und majestätisch, mit schweren, mit Milch gefüllten Eutern verteilte sich die Herde auf den Höfen des Dorfes. Die Kühe waren voller Ungeduld, die erdrückende Last der Milch endlich loszuwerden.

Lisa hatte die Milch gerade geschleudert und verdünnte die Magermilch mit etwas warmem Spülwasser für das Kalb auf der Wiese, als Niklas auf den Hof kam. Er war leicht angeheitert, das bemerkte sie sofort. Sie gab ihm nicht mal die Möglichkeit, sich zu waschen, und sagte zu den Söhnen, die beim Abendbrot saßen:

»Schön zu Ende essen. Ich und Papa bringen dem Kalb nur was zu trinken.«

Niklas nahm ihr den fast vollen Eimer aus der Hand und ging ihr voran zum Gemüsegarten. Lisa ging schweigsam hinterher, sie wollte den Kindern die Auseinandersetzung ersparen. Es kostete sie viel Kraft, ruhig zu bleiben.

»Na, heute den Weg nach Hause doch noch gefunden?«

Niklas zögerte mit der Antwort.

»Ich gehöre doch hierher, oder? Immerhin sind wir eine Familie.«

»Auf einmal. Und was ist mit gestern? Gestern waren wir keine Familie?«

Lisas Stimme zitterte. Sie sah von der Seite, wie seine Gesichtszüge sich versteiften.

»Ich kann es dir erklären. Reg dich nur nicht auf! Es war so …«

Niklas begann zu erzählen.

»Auf dem Rückweg von der Station hatte ich

eine Panne – der Motor streikte auf einmal. Es war nicht weit von Korenowka. Du weißt doch, da wohnt Nikolai Sudenko, mein Kumpel aus Dienstzeiten.«

Lisa ging neben ihm und hüllte sich in Schweigen.

Er setzte fort:

»Nikolai half mir den Motor in Gang zu setzen. Danach haben wir uns bei einer Flasche Wodka fest gequatscht. Langer Rede kurzer Sinn – ich habe bei ihm übernachtet und früh am Morgen bin ich los zur Station, wie immer.«

Niklas blieb stehen, stellte den Eimer auf die Erde und drehte sich um. Was er da sah, gefiel ihm überhaupt nicht.

Lisas Gesicht war mit roten Flecken bedeckt, sie atmete schwer, denn sie bemühte sich gefasst zu bleiben, um nicht hysterisch loszuschreien.

»Das ist ja ein schönes Märchen! Hast du es dir eben ausgedacht? Das kann nicht wahr sein! Du hast überhaupt keine Skrupel! Lügst mir ins Gesicht und ich soll dir diesen Quatsch abkaufen?«

»Aber Lisa, ich meinte …«

Sie fiel ihm ins Wort:

»Was meintest du? Was? Dass du so ein Dummchen geheiratet hast, das alles glaubt, was man ihm erzählt? Wozu bin ich denn da? Jemand muss ja den Haushalt schmeißen, waschen, kochen, das Vieh versorgen, die Kinder erziehen, das Gemüse jäten.«

Je mehr sie aufzählte, umso lauter wurde sie.

»Was habe ich noch vergessen? Ach ja, in einem Monat muss ich dein drittes Kind zur Welt bringen, aber das ist dir irgendwie entgangen!«

Sie war gekränkt und wütend gleichermaßen. Und sie war sogar bereit, ihm zu glauben, aber …

Auf einmal sagte sie ganz ruhig:

»Ich war um Mitternacht auf dem Autohof. Ich habe deinen Wagen gesehen.«

Sie waren gerade beim Kalb angelangt und Niklas stellte ihm den Eimer hin.

»Du hast ja recht. Es war nicht gestern. Gelogen habe ich aber nicht.«

Er drehte sich um und stellte fest, dass Lisa gar nicht mehr da war. Er schaute sich nach allen Seiten um.

»Lisa! Lisa?!« Er rief noch ein paarmal nach ihr, zuckte dann mit den Schultern und ging den Pfad am Gemüsegarten zum Haus hoch.

Lisa war im Gebüsch verschwunden. Sie nahm den Pfad zum Fluss. Sie konnte und wollte keine Ausreden mehr hören. Weinend setzte sie sich unter die alte Weide am Wasser, grübelte und versuchte ihren Mann zu verstehen. Es machte sie todunglücklich, dass er nicht offen mit ihr war.

Und Niklas? Er war untröstlich, dass er seiner

Lisa nicht die volle Wahrheit sagen durfte. Nicht mal seine Albträume, die ihn so oft quälten, konnte er ihr anvertrauen.

Es war immer derselbe Traum – die schreckliche Explosion, der schwarze Pilz am Himmel und seine Blindheit.

Jedes Mal danach schmerzten seine Augen. Um zu vergessen, um sich nicht erinnern zu müssen, griff er immer öfter zur Flasche, so wie gestern, und übertrieb damit.

Andererseits wurde er ständig von der Angst geplagt, betrunken etwas auszuplappern, womit er sich selbst und seiner Familie schaden könnte.

»Ich muss mich zusammenraufen! So geht das nicht weiter.« Niklas drehte sich noch einmal suchend um, aber Lisa zeigte sich nicht.

Die Jungs liefen dem Vater entgegen. Niklas nahm Heinz auf den Arm und Niki an die Hand.

»Na, ihr kleinen Racker, wollen wir kurz Oma besuchen?«

Niki schaute ihm von unten ins Gesicht.

»Und Mama? Kommt sie nicht mit?«

Niklas antwortete mit einem Hauch Traurigkeit in der Stimme:

»Mama will sich von uns dreien mal erholen.«

Sie blieben nicht lange bei den Großeltern. Nachdem die Jungs ein großes Stück Johannisbeerkuchen vernascht hatten, wurden sie schläfrig.

Beim Abschiednehmen sagte Katharina etwas, worüber Niklas auf dem Rückweg nachdachte. Sie meinte:

»Merk es dir, Niklas, vom Schnapsglas bis zum fremden Bett ist der Weg sehr kurz. Man nimmt es mit der Treue nicht so genau, wenn das Gehirn ausgeschaltet ist. Tu es Lisa bitte nicht an!«

Niklas versuchte sein Gewissen zu beruhigen. Wo sie recht hatte, hatte sie recht, aber das eine Mal zählte nicht. Und Lisa durfte auf keinen Fall davon was erfahren. Niklas verstand es sowieso nicht, wie diese Hure Else ihn verführen konnte. Er empfand gegenüber solchen Frauen nur Abneigung und Ekel und trotzdem musste er zugeben, im Bett war diese Else eine echte Kanone.

Zu Hause brachte Lisa die Kinder zu Bett. Mit Niklas wechselte sie kein einziges Wort. Während sie noch schnell Nikis zerrissene Hose flickte, vernahm sie aus dem Schlafzimmer ein leises Schnarchen.

9. Kapitel

Lisa fand trotz der bleiernen Müdigkeit keinen Schlaf. Der dicke Bauch verursachte arge Rückenschmerzen, die auch nachts nicht nachließen. Sie konnte nicht lange liegen, drehte sich oft von einer Seite auf die andere. Lisa gab dem Vollmond die Schuld, sie des Schlafes zu berauben. Dunkle Vorahnungen, furchterregende Gedanken suchten sie heim, wenn der pralle Mondschein ins Zimmer fiel. Sie stand leise auf, warf sich den Morgenmantel über und ging nach draußen. Die kühle Luft tat ihr gut. Eine absolute Ruhe hing über dem Dorf.

Der silberne Schein verlieh der Umgebung etwas Unnatürliches. Sogar die Espe an der Einfahrt, deren Laubwerk beim kleinsten Lüftchen zu rascheln begann, war bis zum Morgengrauen verstummt. Keine Menschenstimmen, kein Hundegekläffe – ungewöhnlich. Auf einmal wurde es so gespenstisch dunkel rundherum, dass es Lisa stutzig machte. Wo war der Mond geblieben?

Sie hob den Blick zum Himmel, fröstelte und legte schützend die Hände über den Bauch. Ein dunkler Schatten, der einem riesigen Pilz ähnelte, schwebte hinweg und gab den Mond frei.

Lisa flüsterte: »Lass uns doch endlich in Frieden! Bitte!«

Nach langer Zeit war die Angst wieder da, die Angst um ihre Familie, um das Ungeborene.

Lisa musste an ihre Kindheit denken, die vom Krieg überschattet war. Sie war auf einmal zurück im November 1942. Der verheerende Krieg zwischen den Russen und den Deutschen tobte irgendwo an der Wolga. Die Russlanddeutschen aus den Kolonien am Süd-Ural waren zwischen allen Fronten.

1941 wurden die Russlanddeutschen zu einem Problem für die Sowjetregierung und diese regelte es auf ihre Art und Weise. Es gab einen Feind, der Russland überfallen hatte – das waren die Deutschen. Es gab eine Heimat, wo man geboren und aufgewachsen war und die man verteidigen musste – das war Russland. Und es gab ein Volk, die Russlanddeutschen, die sich womöglich auf die Seite des Feindes schlagen würden – dem musste man vorbeugen.

Das Vorgehen der Regierung bekamen die Menschen in Ivantal am eigenen Leibe zu spüren. Alle Männer des Dorfes im Alter zwischen 18 und 55 Jahren wurden im März 1942 in die Arbeitskolonne, auch Trudarmee genannt, mobilisiert. Anfang November folgten ihnen die Frauen im Alter von 18 bis 50 Jahren. Im Dorf blieben die Alten, die Halbwüchsigen und die

Kinder. Schwangere Frauen und diejenigen, die Kleinkinder hatten, blieben von der Mobilisierung verschont. Es begann ein Leben, das mehr ein Kampf ums Überleben war.

Lisa war damals zehn Jahre alt. Der Vater teilte das Schicksal der männlichen Hälfte irgendwo in den Wäldern des hohen Nordens, die Mutter war von früh bis spät auf Arbeit. Als Ältere in der Familie wurde dem Mädchen viel abverlangt: im Haushalt helfen, das Hausvieh versorgen, so weit sie es konnte, auf die kleinen Schwestern aufpassen und babysitten, denn Ende Oktober wurde die kleine Agnes geboren. Der Mutter war erlaubt, im Laufe des Tages ein paar Pausen zu machen, um das Baby zu stillen.

Die Landwirtschaft existierte weiter, aber produziert wurde nur für die Front. Die Frauen arbeiteten hart und führten ihren Kampf gegen Hunger, Krankheiten und Kälte.

Bei all den Schwierigkeiten des Daseins gab es eins, was die Menschen versöhnlich stimmte – ihnen erlaubte man in den eigenen Häusern zu bleiben. So wussten die Männer in den Lagern weit weg von zu Hause, wohin sie irgendwann zurückkehren konnten, wenn auch vielleicht nur zum Sterben. Lisa hatte in dem Zusammenhang noch heute ein Gespräch mit der Mutter in den Ohren.

Katharina war für ein paar Minuten nach

Hause gekommen, nur um die schreiende Agnes satt zu machen. Das vom Weinen völlig erschöpfte Baby war nach kurzem Stillen an ihrer Brust eingeschlafen. Die Mutter lehnte sich müde auf dem Stuhl zurück – sie genoss die kleine Entspannung von der Arbeit.

Lisa erinnerte die Mutter leise:

»Mama, die Kuhmilch schmeckt nicht mehr und der Quark ist bitter.«

Katharina seufzte.

»Ich weiß, Kind. Wir müssten schon lange mit dem Melken aufhören, denn in zwei Monaten kommt das Kalb. Was bringe ich euch nur auf den Tisch? Wie soll es bloß weitergehen? Wie?«

Trotz der zermürbenden Gedanken sagte sie auf einmal mit munterer Stimme:

»Aber für eines müssen wir auch dankbar sein – wir haben unser eigenes Dach überm Kopf behalten. Alles andere schaffen wir mit Gottes Hilfe irgendwie.«

Lisa kam es so vor, als wollte ihre Mutter noch etwas hinzufügen, überlegte es sich dann aber anders. Sie wirkte so besorgt – aber wann war sie das nicht?

Dann legte die Mutter das schlafende Baby in die Wiege und weg war sie.

Unterwegs begegnete sie dem Brigadeleiter mit einer Gruppe von Flüchtlingen, die an ihren abgemagerten Gesichtern mit leeren Augen und der zerrissenen Kleidung zu erkennen waren. Vom schnellen Gehen schnappte der Brigadeleiter nach Luft.

»Katharina, Gott sei Dank, dich schickt der Himmel! Du weißt doch, welche Häuser im Dorf leer stehen. Quartiere die Leute ein, morgen früh sollen die in der Melkfarm und auf der Tenne zur Arbeit erscheinen!«

Katharina schaute sich die Gruppe an. Zwei alte Männer, drei Schulkinder und fünf Frauen, von denen zwei noch Kleinkinder auf den Armen trugen. Todmüde sahen sie aus.

Resolut meinte sie:

»Morgen früh geht nicht!«

Der Brigadeleiter war überrascht.

»Wieso? Wieso geht es nicht? Seit wann bestimmst du, was geht und was nicht?«

Katharina ließ sich nicht einschüchtern.

»In einem der leeren Häuser muss der Ofen repariert werden. Die Menschen brauchen Brennholz und Nahrungsmittel. Die Kinder müssen in der Schule angemeldet werden. Alle sollen sich mal richtig ausschlafen.«

Der Mann gab sich geschlagen.

»Na gut, einen Tag schenke ich euch! Großvater Kremp soll sich den Ofen ansehen. Also dann!«

Von den Frauen, die einen Fußweg von der Wolga bis zum Ural zurückgelegt hatten, erfuhr Katharina die traurige und grausame Geschichte der Vertreibung der Russlanddeutschen aus der Wolga-Republik. Ein Dorf nach dem anderen wurde geräumt. Die bereitgestellten Viehwaggons wurden mit weinenden, schreienden und betenden Menschen vollgestopft und es ging los in die Steppen Kasachstans und nach Sibirien. Gott bewahre!

Tagelang konnte Katharina an nichts anderes denken. Lisa gegenüber erwähnte sie kein Wort, um der Tochter nicht unnötig Angst einzujagen.

Am schlimmsten wurde es für Lisa, als die Mutter für die nächtliche Bewachung der Getreidespeicher eingeteilt wurde. Die ganze Nacht waren die Kinder allein und das vor Hunger schreiende Baby war nicht mehr still zu kriegen. Über den letzten Vorrat – ein halbes Schwarzbrot als Notration – wusste Lisa Bescheid; die Mutter hatte es tief in der Kommode versteckt. Als das Baby nicht mit Schaukeln auf den Armen, nicht mit Wiegen, nicht mit dem Summen eines Liedes zum Schlafen zu bringen war und Lisa selbst hilflos weinte, holte sie das Brot heraus, schnitt ein Stück davon ab, nahm es in den Mund und zerkaute es. Das Zerkaute band sie in einen Eckzipfel des Taschentuchs, formte es zu einer Kugel, die sie dann dem Baby in den Mund steckte. Ag-

91

nes begann daran zu saugen und beruhigte sich allmählich. Eine wohltuende Stille verbreitete sich im Zimmer. Mit der Hand an der Wiege war Lisa sofort eingeschlafen.

Es war ein Leben im Schatten des Krieges, der alles regierte.

Das laute Quaken der Frösche vom Fluss schallte in der Stille der Nacht bis zum Dorf und holte Lisa zurück in die Wirklichkeit. Noch immer stand sie im Mondlicht auf ihrem Hof. Die Müdigkeit überfiel sie und in der Hoffnung, doch noch für ein paar Stunden Schlaf zu finden, schleppte sie sich ins Haus.

Ein anderer Schatten ließ sie nicht mehr los – der Schatten des Pilzes. Sie empfand die Wiederkehr der rätselhaften Erscheinung aus dem Jahr 1954 wie eine bedrohliche Warnung.

Noch vor dem Sonnenaufgang erschien Peter auf dem Hofe der Sonnbergs.

»Lisa, ist Niklas schon weg?«

Sie streute gerade den Hühnern Weizenkorn hin.

»Er frühstückt. Trinkst auch 'ne Tasse Kaffee mit?«

»Danke, hab schon. Muss mit ihm reden. Wie fühlst du dich? Nicht viel geschlafen, was?«

Aus seiner Stimme klang Besorgnis heraus. Lisa wollte über ihren Zustand nicht reden. Ihre

Augen sprachen etwas ganz anderes aus. »Ist was passiert?«

Peter beruhigte sie:

»Nein, nein. Ist rein beruflich. Hab da ein kleines Problem mit dem Motor. Vielleicht kann Niklas mir auf der Station ein Ersatzteil besorgen.«

Er verfolgte mit sehnsüchtigem Blick Lisas schwerfälligen Gang. Wie gerne hätten er und Marie auch ein Baby! Aber es klappte einfach nicht.

Niklas kam gerade aus der Tür und der Blick des Freundes war ihm nicht entgangen. Er erinnerte sich plötzlich an Peters Worte über die Impotenz als Folge einer Verstrahlung.

Wann war das doch mal gewesen? Seit seiner Entlassung aus dem Hospital waren drei Jahre vergangen. Bei ihrem Wiedersehen auf dem Stützpunkt fielen damals diese Worte.

Die Freunde begrüßten sich und gingen zusammen vom Hof. Niklas zündete sich eine Zigarette an. Peter sah ihn von der Seite an und sagte kurz:

»Nimmst mich ein Stück mit? Hinter der Dorfausfahrt biegst ab in die Steppe. Hab dir was Wichtiges zu sagen!«

Die Art, wie Peter sprach, gefiel Niklas überhaupt nicht. Ein Gespräch unter vier Augen und dann noch mitten in der Steppe – es musste ja wirklich etwas von Bedeutung sein. Er beschloss abzuwarten. Nachdem er seinen Tankwagen zwischen Disteln, Schachtelhalmen und Federgras angehalten hatte, drehte er sich zu Peter.

»Was gibt's? Ich habe nicht viel Zeit. Kannst mit der Neuigkeit nicht bis Feierabend warten?«

Peter antwortete rasch:

»Nein, das geht nicht! Ich weiß überhaupt nicht, womit ich anfangen soll!« Sichtlich nervös nahm er seine Schildmütze ab, strich sich mit beiden Händen durchs Haar. »Du weißt doch, wo meine Marie arbeitet?«

Niklas warf ihm einen irritierten Blick zu.

»Was soll die Frage? Klar weiß ich das – in der Buchhalterei der Kolchose.«

»So ist es. Und ihr Tisch steht genau neben der Tür zum Zimmer des Parteisekretärs Nadel. Der hatte nämlich gestern äußerst wichtigen Besuch.«

Peter machte eine Pause. Er wirkte auf Niklas angespannt und ängstlich.

»Es waren die Genossen aus dem NKWD unseres Bezirks. 'ne halbe Stunde blieben die bei Nadel und im Gespräch fielen ein paarmal unsere Namen. Marie hat es ganz genau gehört.«

Peters Gesicht lief rot an, er knetete ununterbrochen seine Mütze in den Händen.

Niklas spürte, wie sich in seinem Magen alles drehte, versuchte aber ruhig zu bleiben.

»Was wollen die? Wieso sollen wir auf einmal von Interesse für die sein? Brauchen die womöglich Informationen für bestimmte Statistiken zum Fall 1954?«

Peter zischte wütend:

»Halt doch mal deinen Mund! Mit deiner lockeren Zunge stürzt du dich und deine Familie noch ins Unglück! Diese Behörde kennt keinen Spaß, das brauch ich dir nicht zu erklären! Ich hab Angst, Niklas!«

Gleichfalls nervös zündete sich Niklas erneut eine Zigarette an.

»Und ich bin wütend, verstehst du? Die haben uns ausgenutzt und weggeworfen! Ich war neulich bei Nikolai Sudenko in Korenowka. Der Mann ist ein völliges Wrack, seine Haare sind ihm alle ausgegangen, alle Gelenke sind dick angeschwollen und unbeweglich geworden – er sieht schrecklich aus! Und weißt du, was die Ärzte ihm sagen?«

Peter schaute ihn schweigend an. Niklas konnte sich kaum beherrschen.

»›Für eine Rente sind Sie zu jung. Und wieso Sie mit 25 Jahren den verbrauchten Körper eines 65-Jährigen haben, können wir uns nicht erklären.‹ Nikolai schreit manchmal vor Schmerzen, aber er kann und darf den Ärzten nicht verraten, wann und wo er sich die Krankheit eingefangen hat!«

Schweigend saßen die Freunde eine Weile nebeneinander.

Dann klopfte Niklas sich mit der flachen

Hand aufs Knie, womit er das Gespräch für beendet erklärte.

»Du, ich muss los! Ich fahre dich noch bis zur Ausfahrt.«

Peter setzte seine Schildmütze auf.

»Nein, danke, ich gehe zu Fuß, es ist ja nicht weit.«

Bevor er die Beifahrertür zuknallte, fügte er hinzu:

»Sei vorsichtig mit dem, was du sagst! Und sauf weniger! Mann, dein Ausruf vorgestern in der Männerrunde: ›Ihr habt ja alle keine blasse Ahnung!‹, hat einige Kumpels aufhorchen lassen.«

Niklas sagte mürrisch:

»Mussten die auch so ein Thema anschneiden, ›Atombomben‹? Ich habe noch immer einen blauen Fleck zwischen den Rippen von deiner ›sanften‹ Vorwarnung.«

Er startete den Motor, setzte die dunkle Brille auf und lenkte seine ›Tanke‹ auf die Straße. Im Rückspiegel sah er Peter durch das hohe Steppengras waten. Es kam ihm vor, als ob sein Freund hinkte. Ein kalter Schauer lief Niklas den Rücken herab und er horchte aufmerksam in sich hinein. Das Gespräch hatte ihn aufgewühlt.

Die Landstraße war leer und Niklas hing seinen Gedanken nach. Er gab Peter recht – er setzte sein eigenes Leben aufs Spiel und das von Lisa und den Kindern ebenso.

An diesem Tag machte Niklas nur eine Fahrt zur Station. Nachdem er seinen Wagen abgestellt hatte, begegnete er auf dem Autohof dem Parteisekretär Nadel, als ob der auf ihn gewartet hätte.

»Na, Sonnberg, schon Feierabend heute?«

Niklas wurde misstrauisch, er dachte sofort an das Gespräch mit Peter. Er blieb wortkarg.

»Ja, heute ein wenig früher.«

Nadel lächelte freundlich.

»Du, wir wollten uns gerade auf ein Gläschen gemütlich zusammensetzen. Bist auch dabei?«

Niklas antwortete viel zu kurz:

»Nein. Auf mich wartet Arbeit zu Hause.«

Er schritt geradewegs vom Autohof und ließ den Sekretär mit einem nachdenklichen, gemischten Gesichtsausdruck zurück.

Von den Russlanddeutschen waren es nur ganz wenige, die der Kommunistischen Partei beigetreten waren. Die Parteifunktionäre vor Ort als Vertreter der regierenden Macht verkörperten die Macht der Obrigkeit.

Denen brachte die Bevölkerung der deutschen Minderheit ein Minimum an Vertrauen entgegen. Aus gutem Grund – zu tief waren noch die seelischen Wunden der Kriegszeit und der Hetzerei der Nachkriegsjahre. Erst 1956, elf Jahre nach Kriegsende, wurde die Kommandantur abgeschafft – einer Behörde der totalen Kontrolle und Überwachung der deutschen Bevölkerung auf dem Territorium der Sowjetunion, sei es im Hohen Norden, im Altai, an der Wolga, in den Baltischen Republiken, am Ural-Gebirge, in Kasachstan oder in den Republiken Mittel-Asiens.

Dank der stalinistischen Politik waren die Russlanddeutschen oder das, was von ihnen übrig geblieben war, über das ganze Land zerstreut. Die im August 1941 aus der Wolga-Republik Vertriebenen durften auch nach jahrelanger Schufterei in den Arbeitslagern von GULAG, falls sie überlebt hatten, nicht an die Wolga zurück. Ihnen wurden Wohnorte zugewiesen.

Nachdem die Kommandantur offiziell nicht mehr existierte, atmeten die Russlanddeutschen erleichtert auf. Sie waren nun genauso gleichberechtigt wie die anderen Bürger des Landes. Nur konnte man nicht so richtig damit umgehen, denn zu tief saßen die langjährigen Verfolgungsängste und das Misstrauen.

Während Niklas breit schreitend den Autohof verließ, überlegte er, ob es richtig war, den Nadel einfach so stehen zu lassen. Aber er hatte es satt, immer den Braven zu spielen und alles zu tun, was die von einem verlangten.

Er beschloss noch kurz bei Peter vorbeizuschauen, denn das, was er beobachtet hatte, beunruhigte ihn. Die Hasfelds waren aber nicht zu Hause. Die Nachbarin, die gerade dabei war, ihre Blumen im Vorgarten zu gießen, erklärte bereitwillig: »Die wollten doch zu euch! Hatten es ziemlich eilig.«

10. Kapitel

Niklas' Herz machte einen schnellen Satz.

»Nicht möglich, ist etwas mit Lisa? Nur schnell nach Hause!«

Als Niklas seinen Hof betrat, zauberte das Bild, das sich seinen Augen bot, ein Lächeln auf sein angespanntes Gesicht. Marie und Lisa saßen nebeneinander auf der von ihm zusammengezimmerten Sitzbank, die an der zum Westen liegenden Hauswand stand. So konnte man bis zum Untergang der Sonne die Wärme genießen. Die Frauen unterhielten sich über ein sehr ernstes Thema – Niklas erkannte es an Lisas Gesichtsausdruck. Er dachte bei sich: Wahrscheinlich die ewigen Frauenprobleme – die Schwangerschaft und die Entbindung. Meine Lisa steht kurz davor und Marie würde gerne. Aber …

Niki und Heinzi wälzten sich in einiger Entfernung im Gras. Peter, ganz klar, musste das Pferdchen spielen. Niklas begrüßte alle zusammen und wollte sich zu der männlichen Hälfte gesellen, als Lisa ihn zurückhielt.

»Hast du heute wieder nichts besorgt?«

Er erinnerte sich an das Gespräch von gestern und schlug sich mit der flachen Hand auf die

Stirn.

»Das Schweinefutter!«

»Ja, lass mal! Peter hat heute etwas davon vorbeigebracht. Du musst nur noch die Säcke in den Futterkasten entleeren. Die Sau braucht solche Unmengen an Schrot. Ich bin gespannt, mit wie vielen Ferkeln sie uns beglücken wird.«

Lisa stand auf und begab sich ins Haus.

»Komm! Ich mach dir das Essen warm.« Im Gehen sagte sie zu den Freunden halb fragend, halb feststellend: »Ihr trinkt doch einen Tee mit uns?«

Marie erhob sich ebenfalls und ging ihr nach.

»Warte! Ich helfe dir!«

Niklas ließ sich ins Gras fallen.

»Na, Jungs? Macht Onkel Peter seine Sache gut oder ist er mehr Esel als Pferd?«

Ein begeistertes Gekreische war die Antwort. »Gut! Sehr gut!«

Der heiße Wunsch der Kinder, Papa würde jetzt mitmachen, ging nicht in Erfüllung, zudem entführte er auch noch Onkel Peter.

»Spielt mal ein Weilchen alleine! Wir haben was zu besprechen.«

Die Männer begaben sich zu der Sitzbank, um von den Kindern nicht gestört zu werden. Niklas beobachtete unauffällig den Gang des Freundes von der Seite.

»Hast was an den Beinen?«

Peter schaute zur Seite. »Wieso?«

»Mir kam es am Morgen so vor, du hinktest ein wenig.«

»Ach wo. Es ist nur die Müdigkeit. Ich stehe bei der Arbeit den ganzen Tag – bin diese Woche für den Mechaniker eingesprungen. Da gibt es keine Pausen.«

»Peter, wir sind noch keine dreißig Jahre alt und du sprichst von Müdigkeit.«

Niklas sah, dass dem Freund die Fragerei unangenehm war, und er wechselte das Thema.

»Bin vorhin auf dem Autohof auf den Nadel gestoßen.«

Auf Peters fragenden Blick erzählte er von der Begegnung mit dem Parteisekretär. Peter warnte den Freund, sich auf solche Einladungen einzulassen.

»Bei denen weiß man nie!«

Niklas beruhigte ihn.

»Ich sage doch – ich habe ihn einfach stehen lassen! Hoffentlich verplappert sich Marie nicht über den Besuch der Geheimleute. Weißt du, solche Neuigkeiten würden Lisa nur unnötig aufregen.«

Peter versicherte rasch:

»Davon habe ich ihr strengstens abgeraten. Mach dir keine Sorgen!«

Während die Frauen den Tisch deckten, fiel Lisa Maries Schweigsamkeit auf.

»Du sorgst dich um Peter, richtig? Was hat er denn?«

Marie setzte sich auf einen Hocker neben dem Tisch, strich ihren Rock über die Knien glatt und berichtete leise:

»Du weißt ja, Lisa, wie sehr sich Peter Kinder wünscht. Ich gebe mir die Schuld, dass es nicht klappt. Letzte Woche war ich in meinem Heimatdorf bei meiner Mutter zu Besuch. Im Gespräch erwähnte sie die Kräuterhexe.«

»Wer ist denn das?« Lisa schaute interessiert.

»Die alte Frau wohnt in Alekseewka. Sie heilt mit Tees und Tränken aus verschiedenen Kräutern und sie soll vielen Frauen mit demselben Problem wie meinem schon geholfen haben.« Marie sprach es schüchtern aus.

Lisa reagierte seltsam.

»Du hast diese Frau besucht? Was hat sie gesagt?«

»Sie meinte, wir könnten es probieren. Ich sollte einen ganzen Monat lang einen speziellen, von ihr zusammengemixten Trunk zu mir nehmen – immer morgens auf nüchternem Magen. Dann eine Pause von einer Woche einlegen und dann mit dem Trinken fortsetzen.«

Marie verzog ihr schönes Gesicht zu einer Grimasse.

»Seit fünf Tagen nehme ich das Zeug – es schmeckt grauenhaft!« Es schien so, sie hätte den fürchterlichen Geschmack des Hexentrunks noch jetzt am Abend im Mund.

Lisa schaute sie mit einem mitfühlenden Blick an.

»Weiß Peter davon?«

Darauf reagierte Marie erschrocken.

»Nein! Um Gottes Willen! Er hält das alles für Spinnerei.«

Lisa setzte sich neben die Freundin und legte ihr sanft den Arm um die Schultern.

»Und wenn er selbst der Grund für die ganze Sache ist? Könnte ja sein. Dazu gehören immerhin zwei.«

Mit gesenktem Blick meinte Marie:

»Ich habe ihm vorgeschlagen, zusammen einen Arzt zur Beratung aufzusuchen. Seine Antwort war ein energisches Nein! Wie von der Tarantel gestochen stürmte er danach aus dem Haus.«

Es war nicht Peters Absicht, seine Frau zu beleidigen, aber sie kam immer wieder mit neuen Ideen in punkto ›schwanger werden‹, was ihn allmählich anfing zu ärgern.

Er blieb an dem Abend lange draußen. In voller Dunkelheit grübelte er nach und flüsterte vor sich hin:

»Schatz! Wir brauchen keinen Arzt. Ich weiß

doch seit Jahren, was an unserem Problem schuld ist. Ich kann es dir nur nicht sagen!«

Die Männer draußen auf dem Hof wurden auf das laute Grunzen im Schweinegehege aufmerksam. Niklas begab sich in die Scheune, um die Säcke zu leeren und der Sau das Futter zu mischen.

»Sag mal, Peter, woher wusstest du, dass Lisa die Reste im Futterkasten zusammenkratzte? Bist du unter die Hellseher gegangen?«

Peter, der ihm gefolgt war, blieb im Türrahmen stehen.

»Das bestimmt nicht. Lisa war heute auf dem Autohof. Sie dachte, du würdest zwei Fahrten machen, und zu Hause ging die Sau vor Hunger die Wand hoch. Na ja, da hat sie mich gebeten, ein paar Säcke vorbeizubringen.«

Niklas beeilte sich zu sagen:

»Hast was gut bei mir, Kumpel!« Er schüttete das Futter in den Trog.

Sie blieben noch ein Weilchen am Gehege stehen und beobachteten, wie die Sau schmatzend das Abendbrot zu sich nahm. Peter sah sich das trächtige Tier genau an und meinte:

»Niklas, du musst mit dem Arbeiten kürzertreten, es kann jeden Tag so weit sein.«

Niklas grinste:

»Mit wem? Mit der Sau oder mit Lisa?

»Blödmann! Über so etwas scherzt man nicht.«

»Wieso? Es kann ja sein, dass uns an einem

Tag Lisa mit einem Sohn und die Sau mit einem Dutzend Ferkel beglücken.«

»Woher willst du es wissen, dass es ein Sohn wird?«

Niklas schmunzelte.

»War nur so ein Gedanke. Komm, wir gehen rein. Ich habe einen Mordshunger.«

So vergingen einige Wochen. An einem frühen Morgen wachte Lisa von seltsamen Lauten aus dem Stall auf. Niklas war schon zur Arbeit gefahren. Sie warf sich den Morgenmantel über, schlüpfte in die Hausschuhe und eilte, soweit der dicke Bauch es erlaubte, zum Gehege.

Das Ferkeln war im vollen Gange. Zwei winzige Ferkelchen kuschelten bereits am rötlichen Schweinebauch mit zwei Reihen dicker Zitzen. Die Sau zitterte am ganzen Leib, zappelte ab und zu mit den Beinen – die Sache würde sich noch hinziehen. Lisa holte sich einen Schemel und stellte ihn neben die Sau, aber zum Sitzen kam sie nicht. Die Sau wurde unruhig, wälzte sich von einer Seite auf die andere, stand auf, trampelte durchs Gehege und brachte dabei die winzigen Dinger in Gefahr. Lisa eilte aus dem Gehege, holte die seit Tagen bereitgestellte Flechtkiste, die sie mit Spreu und weichen Lappen ausgelegt hatte.

Die Sau war inzwischen ruhiger geworden und hatte sich hingelegt. Dabei war es wahrscheinlich passiert – ein blau angelaufenes Ferkel lag leblos in der Ecke. Lisa holte es heraus, wickelte es in einen Lappen, um es später, unauffällig für die Kinder, zu begraben.

Um ein größeres Unheil zu vermeiden, packte Lisa die vier Ferkel in die Kiste, setzte sich auf den Schemel und wartete. Sobald ein kleines Wesen das Licht der Welt erblickte, steckte Lisa es zu seinen Artgenossen. Als nach drei Stunden alles vorbei war, schob sie der friedlich grunzenden Sau die zappelnden Ferkel an den warmen Bauch.

Am Frühstückstisch erzählte Lisa den Kindern von den Ferkeln. Niki konnte vor lauter Unruhe kaum noch sitzen.

»Mama, können wir mit den Ferkeln auch spielen? Wie viele sind es? Wird die Sau uns nicht beißen?«

Lisa lächelte müde.

»So viele Fragen auf einmal! Heinzi, trink mal deine Milch aus. Wir gehen gleich zum Gehege, aber nur gucken. Die ganze Schweinefamilie schläft noch. Und Niki, auf keinen Fall die Kleinen anfassen! Da kann die Mama-Sau ganz schön böse werden.«

Die viele Fragerei und die Begeisterung der Kinder beim Bewundern der schlafenden Ferkel lenkten Lisa kurz von ihren düsteren Gedanken ab. Wieso blieb sie in den schwierigen Situationen immer allein? Wie stellte Niklas es bloß an, immer dann abwesend zu sein, wenn sie ihn am meisten brauchte?

Die Aktion mit dem Ferkeln war nicht ohne Folgen geblieben. Lisa hatte seitdem ständige Unterleibsschmerzen und musste sich mehrmals am Tag hinlegen. Zwei Wochen vor dem Entbindungstermin beim Butterschlagen platzte die Fruchtblase. Es kamen erst mal nur ein paar Tropfen. Lisa schickte die Söhne zur Oma mit einem Zettel, worin sie Katharina bat, die Kinder bei sich zu behalten. Sie schleppte sich noch bis zum Zaun und rief der Nachbarin zu, die gerade die Wäsche zum Trocknen aushängte: »Eva, kannst du bitte die Hebamme benachrichtigen? Es ist so weit.«

Da es im Voraus abgemacht war, stellte die Nachbarin keine unnötigen Fragen.

Lisa ging ins Haus, um die für die Geburt zusammengepackten Sachen zu holen. Als sie sich nach der Tasche bückte, passierte es. Das Fruchtwasser kam mit einem lauten »Blubb« in solchen Mengen, dass Lisa es mit der Angst zu tun bekam. Und Niklas war wieder mal nicht da. Es schien, als wären mit dem Fruchtwasser all ihre Kräfte aus ihr herausgespült worden und sie ließ sich schlapp aufs Bett fallen.

Als die eingetroffene Hebamme die riesige Pfütze neben dem Bett sah, wurde ihr die ernsthafte Lage bewusst – eine trockene Geburt, das war für das Baby gar nicht gut. Zudem hatte sie vor einem Monat die Querlage des Kindes festgestellt. Eine Entbindung vor Ort kam keinesfalls in Frage – hier musste ein Arzt ran und je schneller, desto besser. Lisa musste ins Krankenhaus. Ein Transport wurde organisiert.

Unterwegs bekam Lisa heftige Schmerzen. Sie krümmte sich, stöhnte und rieb sich den Bauch.

Die Hebamme massierte ihr den ganzen Weg das Kreuz. Mit ruhiger Stimme redete sie auf sie ein:

»Lisa, du musst durchhalten. Wir sind bald im Krankenhaus.«

Die schneidenden Schmerzen waren kaum auszuhalten. Der Schweiß perlte Lisa von der Stirn. Um nicht loszuschreien, biss sie sich auf die Lippen. Diese Schmerzen im Unterleib quälten sie ununterbrochen. Es waren aber keine Geburtswehen, wie sie die in Erinnerung hatte. Da gab es doch mal Pausen, die immer kürzer wurden, bis der Höhepunkt der Wehen zur lang ersehnten Geburt führte. Sie presste die Hand der Hebamme fest zusammen.

»Es tut so höllisch weh! Es soll aufhören!«

Es hörte aber nicht auf. Die Schmerzen zerrissen ihren Becken, ihre Beine wurden ganz steif und kalt, als ob sie nicht durchblutet würden.

»Gott! Was ist bloß mit mir los? Ich habe doch schon zwei Entbindungen hinter mir. Wieso hören diese Schmerzen nicht auf?«

Lisa stöhnte unentwegt. Ihre Atmung ging kurz. Als sie das Krankenhaus endlich erreicht hatten, war sie fast ohnmächtig und wimmerte nur noch. Sie wurde schnellstens in den Kreissaal gebracht. Als Erstes spritzte der Arzt ihr ein schmerzlinderndes Mittel und begann dann mit der Untersuchung. Er konnte keine Wehen feststellen. Die Hebamme teilte dem Arzt mit, dass die Fruchtwasserblase seit mehreren Stunden geplatzt sei. Die Unmengen an Flüssigkeit und die anhaltenden Schmerzen hatten die werdende Mutter ziemlich entkräftet. Der Arzt schaute besorgt aus.

»Eine trockene Geburt ist immer schwierig. Ich habe jetzt ganz leichte Wehen beobachtet, aber der Körper fängt sie nicht auf. Die Frau ist total ausgelaugt. Da müssen wir schleunigst mithelfen, sonst kann es schlimm ausgehen!«

Er bat die Hebamme dabei zu bleiben, denn sie kannte die Mutter von den ersten Entbindungen, und rief zusätzlich noch eine erfahrene Krankenschwester in den Kreissaal. Die Hebamme überwachte die Atmung, den Blutdruck der Mutter und die Herztöne des Kindes.

Nach Anweisung des Arztes machte die Schwester für alle Fälle alles für den Kaiserschnitt bereit. Der Arzt verabreichte Lisa ein wehenförderndes Medikament.

Die Situation war ziemlich kritisch. Die Hebamme nahm das Stethoskop von Lisas gewölbtem Bauch und schaute alarmiert den Arzt an.

»Die Herztöne werden immer schwächer, sie sind kaum noch zu hören! Aber was ist *das*? Die Töne sind auf einer ganz anderen Stelle hörbar! Das Kind hat sich gedreht, Gott sei Dank!«

Der Arzt begann erneut mit dem Abtasten.

»Die Lage ist doch optimal! Hatten Sie früher eine Querlage festgestellt?«

Die Hebamme wirkte erleichtert.

»Ja! All die Monate. Wie konnte das passieren?«

Der Arzt nahm wieder die Spritze in die Hand.

»Wahrscheinlich durch den Verlust der großen Mengen an Fruchtwasser und wegen der Strapazen bei der Fahrt. Der kleine Wurm hat uns ein Problem abgenommen.«

Die Sache mit den Wehen entwickelte sich viel zu langsam. Lisa war völlig entkräftet und kaum ansprechbar. Nach dem gespritzten Medikament nahm sie alles wie durch einen dichten Nebel wahr.

Sie war erleichtert, dass die schrecklichen Schmerzen nachgelassen hatten, und spürte die aufkommenden Wehen. Da die Herztöne des Kindes fast verschwunden waren, musste endlich gehandelt werden. Pressen war angesagt! Aber dazu war Lisa überhaupt nicht in der Lage. Das übernahmen die Krankenschwester und die Hebamme. Sie legten ein Bettlaken um Lisas Bauch, stellten sich zu beiden Seiten der Gebärenden und zogen das Laken stramm. Auf Zeichen des Arztes, der die Wehen überwachte, pressten sie mit aller Kraft. Nach dem dritten Versuch war es gelungen – das Kind war auf die Welt geholt, richtiger gesagt herausgepresst. Lisa wurde ohnmächtig.

Der Arzt und die Schwester kümmerten sich um sie, die Hebamme nahm sich des Kindes an. Es war ein winziger Junge mit einer rötlich-bläulichen schrumpeligen Haut, der erst nach dem dritten leichten Klaps auf den Rücken einen heiseren Pieps von sich gab, als Beweis dafür, ein lebendiges Wesen zu sein. Es war noch mal gut gegangen.

Die Hebamme eilte nach der Rückkehr aus dem Krankenhaus sofort zu Niklas, traf ihn aber nicht an. Dann suchte sie Lisas Eltern auf und überbrachte die freudige Nachricht, verschwieg dabei aber auch nicht die traurigen Einzelheiten der Entbindung. Katharinas Augen waren vom Weinen rot und geschwollen. Vor Angst und Bange um ihre Tochter hatte sie keinen Schlaf gefunden.

Die Hebamme hatte mit ihrer Mitteilung eine große Freude ins Haus gebracht. Katharina schaute auf die schlafenden Kinder und flüsterte erleichtert:

»Na, Jungs, jetzt seid ihr zu dritt. Gott sei Dank! Eure Mutter hat es überstanden!«

Heinz wollte sofort zu Niklas, aber Katharina hielt ihn zurück.

»Lass das! Er ist nicht zu Hause, sonst wäre er längst hier.«

Da hatte sie recht. Ihr Schwiegersohn hatte an dem Tag wie so oft zwei Fahrten gemacht und parkte den Wagen schon im Dunkeln auf dem Autohof. Niklas war todmüde und ausgelaugt. Sein einziger Wunsch war: abschalten und entspannen. Als er an Else Wellmanns Fenstern vorbeiging, konnte er der Versuchung nicht widerstehen. Das unkomplizierte Benehmen und die Leichtigkeit ihrer Lebensführung zogen ihn regelrecht an. Es schien, der Ernst des Lebens habe diese Frau noch nicht berührt. Bei ihr vergaß er für kurze Zeit seine bleischweren Gedanken und Sorgen.

Sehr hilfreich dafür waren einige Gläschen vom selbst gebrannten Schnaps, den Else gewöhnlich als Vorrat für alle Fälle zu Hause hatte, und er war zu dieser späten Stunde so ein Fall. Vergessen waren Lisa und die Kinder, vergessen die alltäglichen Sorgen und ständigen Gewissensbisse. Im Moment existierten nur sie beide – er und diese Frau, die es immer wieder verstand, wenn auch nur für einen kurzen Moment, ihn glücklich zu machen.

Obwohl Else mitbekommen hatte, dass Lisa in einem schlimmen Zustand ins Krankenhaus gebracht wurde, sagte sie Niklas vorerst nichts davon. Erst nachdem sie ihren Spaß gehabt hatten und Niklas entspannt und schläfrig neben ihr lag, teilte sie ihm die Neuigkeit mit, er sei zum dritten Mal Vater geworden.

Wie von einer Tarantel gestochen sprang Niklas vom Bett.

»Was? Und das sagst du mir erst jetzt?!«

Er begann sich hektisch anzuziehen. Seine Schläfrigkeit war auf einmal wie weggewischt.

Else verstand die ganze Aufregung nicht und meinte schnippisch:

»Ich hatte vorhin nicht den Eindruck, dass du auch nur einen Gedanken an deine Frau verschwendest.«

Niklas knöpfte sein Hemd zu und zog die Hose hoch.

»Du verstehst das nicht! Du bist zwar eine Frau, aber Lisa …«

Er machte eine kurze Pause.

»Lisa kannst du das Wasser nicht reichen!«

Else setzte sich im Bett aufrecht hin und funkelte ihn aus bösen Augen an.

»Na vielen Dank, dass du in mir immerhin noch eine Frau siehst! Ansonsten bin ich eine kleine Dorfschlampe, zu der man ab und zu nach

Laune ins Bett steigt, um sich verwöhnen zu lassen!«

Er hatte mit seinen Worten ihren wunden Punkt getroffen, aber Niklas ließ sich auf den Streit nicht ein – dafür hatte er jetzt keine Zeit. Er stürmte hinaus und eilte in der Dunkelheit der Nacht zum Haus seiner Schwiegereltern. Wenn jemand über Lisas Zustand Bescheid wusste, dann waren es Katharina und Heinz. Dann kamen ihm die Söhne in den Sinn. Wo könnten sie jetzt sein? Die innere Unruhe ließ Niklas seinen Schritt beschleunigen.

Eine ganze Palette von Gefühlen überwältigte ihn. Scham, dass er in der schwierigen Stunde nicht bei Lisa gewesen war; Besorgnis, ob auch alles gut verlaufen war; Neugier, ob es ein Junge oder ein Mädchen geworden war, und letztlich der Stolz – er hatte es geschafft und er war gesund, trotz der zweifelnden Annahmen und Voraussagen!

Den Vorwürfen der Schwiegermutter hatte er nichts entgegenzubringen, sie war auch ziemlich wortkarg.

Seinem schuldbewussten Gesichtsausdruck nach zu urteilen, ahnte Katharina, wo er in den letzten Stunden gewesen war, und sie hatte dafür kein Verständnis. Niklas bekam es mit der Angst zu tun, als er erfuhr, dass es bei der Entbindung Komplikationen gegeben hatte.

»Ich muss wohl jemanden finden, der die Kuh in den nächsten Tagen melkt.«

»Mach dir keinen Kopf, Lisa hat alles geregelt. Die Nachbarin übernimmt das Melken, die Kinder bleiben selbstverständlich bei uns. Wann willst du sie besuchen?«

Katharina war die Müdigkeit anzusehen. Er antwortete schnell:

»Morgen früh.« Danach verließ er das Haus und machte sich auf den Heimweg.

Nachdem Niklas am nächsten Morgen auf dem Autohof Bescheid gesagt hatte, fuhr er ins Krankenhaus. Er konnte nur kurz herein – die entkräftete Patientin schlief noch und das war auch gut so. Der Anblick der blassen, hilflosen Lisa, deren Gesicht sich in Falten zusammenzog, wenn die Schmerzattacken sie heimsuchten, jagte ihm eine gewaltige Angst ein. Er war es gewohnt, seine Frau immer aktiv, immer in Arbeit und Bewegung zu sehen. Er hatte es ihr in der letzten Zeit auch nicht leicht gemacht.

Die Sache mit Else kam ihm in den Sinn und er schämte sich maßlos. Er hatte ja diese Seitensprünge überhaupt nicht nötig. Von welchem Teufel wurde er ab und zu geritten, der ihn verführte, seine Lisa zu betrügen? Niklas beugte sich nieder und hauchte einen Kuss auf die bleiche Wange seiner Frau. Der Gedanke, mit drei Kindern allein dazustehen, schoss ihm bis ins Mark und er erinnerte sich plötzlich an das Baby. Er wollte seinen Sohn sehen, aber die besorgte Krankenschwester holte sich erst mal das Einverständnis vom Arzt. Wegen Infektionsgefahr und des geschwächten Zustands des Neugeborenen durfte Niklas seinen Sohn nur durch eine Glaswand sehen.

Die Gerüche des Krankenhauses machten ihn ganz nervös und schlimme Erinnerungen kamen hoch. Draußen schüttelte er sie ab, atmete mit voller Brust die frische Luft ein und schritt zu seinem Wagen. Auf dem Rückweg empfand er wieder das Gefühl, etwas besiegt zu haben und stark zu sein wie nie.

11. Kapitel

Jahre zogen ins Land. Das Leben der Familie Sonnberg unterschied sich kaum vom Leben anderer in Ivantal. Das harte Klima verlangte von den Menschen den vollen Einsatz. Um durch den langen kalten Winter zu kommen, waren die Aussaat im Frühjahr und die Ernte im Herbst besonders wichtig. »Wie man sät, so erntet man.«

Dieses Sprichwort bekamen die Jüngeren so oft von den Älteren zu hören, aber man vergaß auch nicht, welche Bedeutung das Klima dabei hatte. Wenn dem späten und ziemlich ungemütlichen Frühling, in dem der Samen viel zu lange in der kalten Erde lag und sich dann blass und schwach der Sonne zeigte, eine Hitzewelle des Frühsommers folgte und der lang ersehnte Regen ausblieb, fiel auch die Ernte mager aus. All die Mühe, die bei der Aussaat investiert wurde, war dann umsonst. Da verrichteten auch die Bauern ihre Arbeit freudlos und ohne Begeisterung. Ein ähnliches Jahr gab es am Süd-Ural Anfang der 60er-Jahre.

Niklas Sonnberg war mit seinem Tankwagen unterwegs.

Er schaute voller Bitterkeit auf die Felder, die

schwarz und traurig zu beiden Seiten des Feldweges lagen. So weit das Auge reichte, nur Unkraut und das Getreide mit nicht ausgebildeten Ähren von schlechter Qualität. Das in der Sonne blendende Gold der Getreidefelder anderer Jahre vermissten alle. Die Steppe sah nicht besser aus – gelblich und ausgetrocknet. Das Vieh kam abends hungrig nach Hause. Die Kühe mit halb leeren Eutern eilten zu den Gemüsegärten und grasten die Ränder ab.

Die Familie Sonnberg zählte damals sechs Personen. Das vierte Kind – ein niedliches Mädchen, das auf den Namen Lischen hörte – wurde im Herbst drei Jahre alt. Der kleine schmächtige Paul hatte eine Zeitlang gebraucht, sich von den Strapazen der schwierigen Geburt zu erholen. Er war später in der Gesellschaft der Schwester, seiner getreuen Spielkameradin, so richtig aufgeblüht. Man hielt sie oft für Zwillinge, denn der Altersunterschied von vierzehn Monaten war den beiden kaum anzumerken.

Die Kinder wuchsen heran und in dem alten Häuschen der Sonnbergs wurde es allmählich zu eng. Das Haus hatte die besten Jahre längst hinter sich und es war an der Zeit, Hand anzulegen. Das Strohdach sollte im Sommer erneuert werden, darüber waren sich Lisa und Niklas einig. Das war der Plan. Vom Alter und den Witterungen geplagt, sah das Dach stellenweise wie ein Sieb aus – im Winter schneite es durch und in den Ecken auf dem Dachboden lag Schnee.

Im Sommer standen in der Küche und in den Zimmern Schüsseln, Eimer, Kannen auf den Fußböden, um das Regenwasser aufzufangen. Die schlechte Ernte hatte diese Pläne aber durchkreuzt, denn das bisschen Stroh, das von den Feldern geerntet wurde, brauchte die Kolchose als Viehfutter.

Nach langem Hin und Her beschlossen Lisa und Niklas die Dachlöcher mit Schilf zu flicken. Niki und Heinz bekamen die Aufgabe, am Ufer des Flusses Schilf zu reißen. Etliche Tage waren sie damit beschäftigt. Das Schilf wurde auf dem Hof zum Trocknen ausgebreitet. Für einen Sonntagvormittag wurden dann die Helfer zusammengetrommelt. Lisas Eltern – Katharina und Heinz –, die Hasfelds – Peter und Marie – und die Freunde Anna und Walter. Unter Lachen und Scherzen ging es dem Schilf an den Kragen. Die Frauen harkten das raschelnde Schilf durch und banden daraus gleichgroße Garben.

Peter und Niklas trugen diese über die an die Wände gelehnten Leitern aufs Dach. Dort nahmen Heinz und Walter die Garben in Empfang und befestigten sie sorgfältig.

Lisa war mit dem Vorbereiten des Essens beschäftigt und zeigte sich nur ab und zu auf dem Hof. Sie sah die Anstrengung in den schwitzenden Gesichtern der Helfer und stellte zur Abkühlung einen Eimer kaltes Brunnenwasser mit einer Schöpfkelle darin auf die Bank.

Die Kinder, die im Schilf herumwuselten und das wichtige Ereignis mehr als Abenteuer aufnahmen, eilten als Erste zum Eimer. Sie beobachteten ganz genau die Erwachsenen und als Marie mit dem Wasserrest aus der Kelle ihren Mann Peter bespritzte, war es wie ein Signal für die Kinder. Einige Minuten waren nur Schreie, Jauchzen, Lachen und das Weinen der kleinen Lisa zu hören, die von den doch zu kalten Wasserspritzern unangenehm überrascht wurde. Die Jungs hatten ihren Spaß und liefen mit einer Wasserportion in der Kelle in triefend nasser Kleidung umher, um dem einen oder anderen die nächste kalte Dusche zu verpassen.

Wie es im Volksmund heißt: »Nach getaner Arbeit ist gut ruhn.« Müde und verschwitzt begaben sich die Männer vor dem Essen zum Fluss, um sich zu reinigen. Die Frauen wuschen sich am Brunnen. Danach setzten sich alle mit einem Bärenhunger an den gedeckten Tisch. Mit Genugtuung beobachtete Lisa, wie ihre jungen Dillkartoffeln in Sahnesauce mit den dicken Scheiben gebratenen Räucherschinkens weggeputzt wurden. Um den Durst zu stillen, stand in der Mitte des Tisches eine dickbauchige Glaskanne mit dem allgemein beliebten *Kwas*, ein Brottrunk russischer Spezialität. Als Nachtisch servierte Lisa eine große Schüssel mit selbst gemachter Dickmilch, worin sie ein paar geriebene junge Gurken mit fein gehacktem Dill verrührt hatte.

Niklas probierte als Erster von dem Nachtisch, als ob er ahnte, dass dem Naschwerk etwas fehlen würde.

»Lisa, es schmeckt fade. Du hast mal wieder das Salzen vergessen!«

Sie parierte seinen Vorwurf schlagfertig:

»Vielleicht habe ich es extra gemacht? Die Leute werden sowieso dabei ihr Ding denken!«

Niklas wusste sofort, worauf sie mit ihrer schnippischen Antwort hinauswollte.

Das laute Lachen und Scherzen am Tisch, hervorgerufen durch den vor dem Essen herumgereichten selbst gebrannten Schnaps, verstummte schlagartig. Walter schaute Niklas von der Seite an.

»Man sagt, das versalzene Essen zeugt von der Verliebtheit der Frau. Hier ist es aber umgekehrt. Liebt Lisa dich nicht mehr, oder was?«

Niklas kam nicht zum Antworten, denn ein lauter Kinderschrei unterbrach die Unterhaltung. Lieschen brauchte wieder einmal Hilfe im Streit mit Paul. Peter war als Erster bei den Kindern, schlichtete die Auseinandersetzung und nahm das Mädchen mit zum Tisch.

Inzwischen begutachteten alle ihr vollendetes

Werk. Das Dach mit den Flickstellen sah recht lustig aus, wenn auch nicht neu, aber Lisa und Niklas hofften, dass sie mit den Kindern im kommenden frostigen Winter im Haus nicht frieren mussten. Die alten Menschen sagten voraus, dass man nach einer langen Hitzeperiode mit einem außergewöhnlich harten Winter rechnen müsse.

Beim Abschiednehmen sagte Peter zu seinem Freund etwas ganz leise, was Lieschen, die auf Peters starken Schultern hockte, sehr interessant fand. War das ein Spiel? Nur warum wurde Papas Gesicht auf einmal so ernst? Konnte er das Wort nicht erraten? Sie fand beim Flüsterspiel mit Paul das Wort immer ganz schnell heraus.

Niklas streckte die Arme nach dem Mädchen aus.

»Komm, Lieschen! Onkel Peter muss jetzt nach Hause. Und du rufst deine Brüder zum Essen.«

Die Männer gingen den Frauen hinterher, die lebhaft irgendwelche Rezepte austauschten. Niklas senkte seine Stimme.

»Hast du ihn erkannt?«

»Nein! Das ist es ja gerade, ich bin mir nicht sicher. Habe Sergej ganz anders in Erinnerung. Er war der beste Fußballer unserer Division, unser Stolz und das Objekt der Begierde aller Frauen. Und neulich – dieser Obsthändler auf dem städtischen Marktplatz. Vielleicht war es sein älterer

Bruder?«

»Weißt du was, meine Kinder und Lisa würden sich freuen, mal Obst auf dem Tisch zu haben. Ich habe morgen frei. Nimmst mich mit als Passagier?!« Es war viel mehr eine Aufforderung als eine Frage. Peter nickte nur. Mit einem kräftigen Händedruck verabschiedeten sich die Männer voneinander.

Peter legte seinen Arm um Maries Schulter und die beiden gingen vom Hof.

Am Abend vor dem Einschlafen teilte Niklas Lisa sein Vorhaben mit, aber nur den Teil mit dem Obst. Sie hatte keine Einwände und meinte:

»Anna kommt morgen vorbei. Die gestern gepflückten Johannisbeeren müssen endlich zu Konfitüre verarbeitet werden.«

Niklas lächelte.

»Da könnt ihr nebenbei 'ne Menge bequatschen.«

Mit nichts anderem waren auch die Männer auf dem Weg nach Orenburg beschäftigt. Sie genossen die Zeit des ungestörten Zusammenseins und unterhielten sich über dies und das. Die Ernte sei schlecht, mit dem Viehfutter werde es knapp dieses Jahr, woran das Wetter schuld war. Falls in den nächsten Wochen Regen fiel, wäre wenigstens mit einer guten Kartoffelernte zu rechnen.

Peter steuerte auf einmal das Gespräch mit einer Frage in eine ganz andere Richtung.

»Sag mal, Niklas, zeigt der Nadel noch Interesse an deiner Person?«

Niklas schaute aus dem Seitenfenster auf die vorbeigleitenden Pfosten der Telefonleitung, er wirkte nachdenklich.

»Der läuft mir noch immer des Öfteren über den Weg. Ich dachte, diese Behörden würden uns endlich in Ruhe lassen!«

Peter behielt die Straße im Auge.

»Das hoffte ich auch. Aber stell dir vor, der hat gestern Marie ausgefragt, unauffällig, wie er wahrscheinlich meinte.«

Niklas schaute den Freund kurz an. »Was wollte er denn wissen?«

Peter drehte sich ebenfalls kurz zu Niklas. »Er interessierte sich für unsere Post und Freunde von außerhalb – als Parteisekretär sei das seine Aufgabe.«

»Bei uns hatte er es raffinierter angestellt – er hat den Schwiegervater angequatscht. Kennst ja Heinz, der ist ja sonst nicht auf den Mund gefallen, aber hier hat er es mit der Angst zu tun bekommen.«

Niklas lächelte schief.

»Heinz meinte, bei dem ganzen Haushalt, den vier Kindern, dem Kleinvieh und dem Gemüsegarten bliebe uns keine Zeit, um uns hinzusetzen und Briefe zu schreiben.«

»Warum macht er so was? Er hätte es doch

einfacher haben können. Zum Beispiel zum Post-amt zu gehen.«

»Das schon. Aber wir sollen sein Interesse spü-ren, spüren und nicht vergessen!«

Da waren sie bei dem Thema gelandet, um dessentwillen sie eigentlich unterwegs waren. Sie hatten es nur nicht angesprochen. Der von ihnen einst angehimmelte Fußballer mit vielver-sprechender Sportkarriere nach dem Armeedienst – Sergej Krotow – sollte nach Peters Annahme auf dem Marktplatz handeln. Sie konnten sich das einfach nicht vorstellen und wollten es nicht glauben.

Sie wollten diesen Mann sprechen. Am Stadt-rand lenkte Peter den Wagen in den Schatten einer uralten Eiche und ging in die Bremse. Sie hatten eine kurze Pause nötig.

Peter reckte sich, legte seine müden Arme in den Nacken und fragte leise:

»Warum machen wir das?«

Ohne den Freund anzusehen, meinte Niklas mit belegter Stimme:

»Weil wir Brüder sind. Die Bombe hat uns in eine Familie vereint. Und Geschwister müssen füreinander da sein, wie auch immer.«

Es fiel kein einziges Wort mehr. In der Stadt angekommen, steuerte Peter seinen Wagen durch die Straßen in Richtung Zentrum, wo sich in den Nebenstraßen der Marktplatz befand. Eine unerklärliche Macht führte Niklas in die Reihe, wo Gemüse und Obst zum Verkauf ausgelegt waren. Der Duft der in der Sonne gereiften Früchte stieg ihm in die Nase, aber er gab keine Acht darauf. Er warf flüchtige Blicke auf die Ware, fragte mal hier, mal da nach dem Preis und forschte dabei in den Gesichtern der Händler. Er sah aber keinen, der auch nur annähernd an Sergej erinnerte, wie er sein Gesicht im Gedächtnis hatte. Niklas drehte sich zu Peter um, der Mühe hatte, ihm nachzukommen.

»Siehst du ihn?«

Peter zuckte unschlüssig mit den Schultern.

»Wenn hier alles voll ist, besetzen die Händler gewöhnlich eine zusätzliche Reihe hinter dem Milchpavillon. Sehen wir dort mal nach!«

Peter hatte recht. Niklas schaute jetzt aufmerksamer auf das ausgelegte Obst, denn wenn sie mit dem Suchen Pech haben würden, wäre es Zeit, an den Einkauf zu denken.

Hier, diese Äpfel – eine ausgezeichnete Ware, rotbackig, mit einem sonnigen Aroma. Niklas stellte sich für einen Moment vor, wie sich sein Nachwuchs über die Äpfel hermachen würde. Er lächelte den Händler an, der sich ihm zuwandte. Dann erstarb das Lächeln langsam auf seinen Lippen.

»Sergej?!« Es kam kaum hörbar, unsicher, halb Frage, halb Bestätigung. »*Krotow, ty?*« (Bist du es,

127

Krotow?) Ein Schauder lief seinen Rücken herunter und sein Herz raste.

Peter erging es nicht anders. Obwohl er diesen Mann schon einmal von Weitem gesehen hatte, war er sich nicht sicher gewesen. Er flüsterte vorsichtig: »*Serjosha, bratok!*« (Serjosha, Brüderchen!)

Niklas schaute in die so bekannten Augen des Mannes, die den Blau eines tiefen Sees widerspiegelten. Es waren Sergejs Augen. Doch wenn sie damals nach einem geschossenen Tor vor Selbstzufriedenheit, Stolz und Triumph gestrahlt hatten, so drückten sie jetzt nur noch Schmerz und Leere aus. Die Augen waren das Einzige, was an den sportlichen, muskulösen, selbstsicheren jungen Mann aus dem Jahr 1954 erinnerte.

»*Rebjata!* (Jungs!) Bin ich froh, euch zu sehen!«

Eine karge Träne kullerte aus Sergejs Augen und verschwand irgendwo in den tiefen Falten des bis zur Unkenntlichkeit abgemagerten Gesichts. Die schmalen bläulichen Lippen verzogen sich zu einem Lächeln der Freude, und es war nur allzu offensichtlich, dass sein Gesicht mit dem Lächeln schon lange aus der Übung gekommen war. Sergej trocknete sich die Tränen mit dem Handrücken ab, der fast nur aus angespannten Sehnen, angeschwollenen Strängen von Blutgefäßen und hervorstehenden Gelenken bestand. Er legte die weiße Schürze ab, die seine schmale Statur zum Vorschein brachte. Sie machte kaum die Hälfte

128

von dem aus, was er früher auf den Knochen gehabt hatte. Er flüsterte seinem Nachbar am Gemüsestand etwas ins Ohr, kam auf die beiden zu, drückte sie kurz, schob jeden auf Armeslänge von sich, um ihn genauer in Augenschein zu nehmen.

»*Molodzy!* (Prachtkerle!) Gut schaut ihr aus!« Es war keine Spur von Unzufriedenheit oder Neid in seiner Stimme, nur echte Freude über das Wiedersehen. Niklas und Peter mussten erst mal den Kloß herunterschlucken, der ihnen das Sprechen schwer machte.

»Kommt, Jungs! Hier ist ein kleines Café in der Nähe, da können wir uns ungestört unterhalten.«

Niklas bestellte bei der hübschen langbeinigen Bedienung eine Flasche Wodka und Wurst. Er war sich nicht sicher, ob Sergej harte Getränke zu sich nehmen durfte, aber der hätte seine Ablehnung bestimmt geäußert. Zurück am Tisch füllte er die Gläser bis zur Hälfte. Sergej kramte aus seinem Sackbeutel ein paar junge knackige Gurken und legte sie auf den Tisch. Er hob als Erster sein Glas.

»Peter, Niklas! *Sa nas!* (Auf uns!)«

»Auf uns!«, kam es wie ein Echo von den beiden zurück.

Das brennende Gefühl im Hals unterdrückten sie mit den frisch geernteten Gurken.

»Habt ihr eine *Datscha* (Schrebergarten)?«, interessierte sich Peter.

Sergej erklärte bereitwillig:

»Wir wohnten schon immer in der Vorstadt und da ich jetzt zu nichts mehr tauge, steuere ich zum Unterhalt meiner Familie mit dem Verkauf von Obst und Gemüse etwas bei. Wir besitzen einen großen Obstgarten und einige Gemüsebeete. Die hab ich in einem Treibhaus untergebracht. Ist viel Arbeit, aber es klappt ganz gut. Festgelegte Arbeitszeiten sind nichts für mich. Abgesehen davon – wer würde mich schon einstellen? So bin ich mein eigener Herr.«

Die letzten Worte sprach Sergej mit einem schiefen Grinsen aus. Dann verstummte er für eine Weile. Niklas spürte seine Unsicherheit. Wahrscheinlich war er an dem wichtigen Punkt angelangt, was seinen Gesundheitszustand anging.

Peter empfand genauso und versuchte die Unterhaltung aufzulockern.

»Du und Gartenarbeit? Ich kann dich mir nur auf einem Sportplatz vorstellen, wie du einem Fußball hinterherstürmst.«

Mit einem tiefen Seufzer kam es aus Sergejs Innerem:

»Das war in einem anderen Leben.« Er griff nach dem Glas und hielt es Niklas hin. »Schenk mal ein! Ich erzähle euch dann meine Geschichte.«

12. Kapitel

Fast eine Stunde lang breitete Sergej vor den Freunden sein Schicksal aus. Er erzählte von seinem vielversprechenden Aufstieg im Sportklub *Ural* nach dem Armeedienst, von den vielen Fans und neuen Freunden, die ihn in den Stadien bejubelten und wie einen Helden feierten, von der Heirat seiner ersten Liebe Nadja und den zwei Töchtern, von seiner Mutter, mit der sie unter einem Dach wohnten und die vor ständigen Sorgen um ihn fast verrückt wurde.

Dann verstummte Sergej für einen Moment, als ob er die Kraft sammelte, um ihnen das Schlimmste aus seinem so kurzen Leben mitzuteilen.

Niklas und Peter gaben ihm diese Zeit, denn sie spürten Sergejs Drang, sich etwas Bedrückendes von der Seele zu reden. Er brauchte kein Mitleid, keine nutzlosen Ratschläge, die wahrscheinlich von seinen Liebsten aus Sorge um ihn ohnehin oft genug ausgesprochen wurden, er brauchte auch nicht ihre Hilfe, die sie sowieso nicht leisten konnten. Er brauchte Zuhörer.

Er musste den Druck auf seiner Seele, der sich seit dem Ausbruch der Krankheit vor zwei Jahren dort staute, endlich loswerden.

»Ich habe Krebs, Jungs! Blutkrebs.« Sergej atmete tief durch. »Ich habe nicht mehr lange zu leben.«

Jetzt war es heraus. Sergejs Neuigkeit und die kaum zu ertragende Bitterkeit in seiner Stimme, mit der er sie mitteilte, traf die beiden wie ein Blitz. Nachdem sie sich einigermaßen gefasst hatten, fragte Niklas ungeduldig:

»Was ist denn das für ein Ungeheuer? Blutkrebs! Frisst er etwa dein Blut auf?«

Peter hauchte nur ein Wort heraus: »Erzähl!«

Und Sergej begann zu berichten. Die Freunde hörten aufmerksam zu und stellten mit der Zeit fest, wie ähnlich doch Sergejs Geschichte der von Nikolai Sudenko klang. Besonders der Teil, wo es um die ärztliche Behandlung und um die Streitigkeiten mit den Behörden ging.

»Zuerst haben die mich mit irgendwelchen Tabletten vollgestopft, von denen mir ständig übel war. Nur beim Ansehen eines gedeckten Tisches drehte sich mir der Magen um. Die Kräfte verließen mich.

Anscheinend brachte das nicht viel – die weißen Blutkörperchen vermehrten sich weiter. Dann griffen die Ärzte zu einer Bluttransfusion, um meine roten Blutkörperchen zu unterstützen.

Eine Zeit ging es mir gut. Ich glaubte schon überm Berg zu sein. In unser Haus war das Lachen zurückgekehrt. Aber nicht für lange – nach einem halben Jahr fühlte ich mich wieder schlapp, müde und entkräftet. Das ganze Theater ging von vorne los. Die Ärzte wiederholten die Behandlung mit dem frischen Blut. Jetzt hänge ich schon jeden dritten Monat am Tropf. Das bisschen Arbeiten in der frischen Luft tut mir auch gut.«

Die drei waren so ins Gespräch vertieft, dass sie alles rundherum vergessen hatten. Um die Mittagszeit kamen vermehrt Menschen ins Café und gingen wieder. Nur eine unauffällige Person am Nachbartisch blieb viel zu lange sitzen, was Peter nebenbei beunruhigt feststellte.

Niklas hatte sich eine Zigarette angezündet und wedelte mit der Hand den Rauch zur Seite. Ohne Sergej anzusehen, erzählte er über Nikolai Sudenko. Sergej war nicht überrascht.

»Ich habe gehört, es geht Nikolai ziemlich dreckig.«

Niklas nickte. »So ist es. Und bei den Behörden läuft er mit seinen Wünschen gegen die Wand, genauso wie du.«

Peter wendete seinen Blick von dem Mann am Nachbartisch ab und schaltete sich ins Gespräch ein.

»Er kämpft um die Invalidenrente, aber wie es aussieht, vergebens.«

Sergej schlug nur mit der Hand.

»Das kenne ich! Bei dem letzten Gespräch mit

den Ärzten habe ich vorsichtig meine Meinung geäußert, dass ich meine Krankheit mit den Militärübungen in Verbindung bringe. Konkreter konnte und wollte ich nicht werden – ich dachte an meine Familie. Die Ärzte reagierten komisch. Sie interessierten sich zwar für die Daten – wann und wo ich bei der Armee gewesen bin –, aber das war es auch schon.«

Sergejs Hände zupften unruhig an einem Zipfel der Tischdecke. Niklas schaute Peter an.

Bei diesem schlugen die Alarmglocken – sie bewegten sich auf dünnem Eis und das konnte unerwünschte Folgen haben. Peter versuchte das Gespräch auf die Familie zu lenken, fragte nach Sergejs Kindern. Doch der war nicht zu stoppen, obwohl sein Ton ein wenig leiser wurde.

»An nichts anderes denke ich doch die ganze Zeit! Als die Ärzte bei der letzten Behandlung die düstere Prognose meiner Zukunft aussprachen, waren meine jahrelangen Ängste auf einmal weg. Ich habe mit denen Tacheles gesprochen – ich habe die Militärübungen und den Ort genannt. Die stellten sich einfach dumm! Es hieß, im genannten Gebiet seien 1954 keine Militärübungen durchgeführt worden und man könne nach so vielen Jahren sowieso keine Krankheit damit in Verbindung bringen. Ich stand wie ein verdammter Lügner da! Stellt euch das mal vor!« Sergej war aufgewühlt, sein Atem ging schwer.

Auf einmal erhob sich das unscheinbare Männchen von seinem Platz am Nachbartisch und trat an ihren. Er hatte eine Zigarette in der Hand und bat Niklas ums Feuer. Der gab ihm die auf dem Tisch liegende halbvolle Streichholzschachtel und sagte: »Kannst sie behalten.«

Mit verrauchter Stimme krächzte der Mann: »*Spasibo*! (Danke!)«, schaute die drei der Reihe nach aufmerksam an, was Peter so gar nicht gefiel, und ging zu seinem Tisch zurück. Peter war der Einzige, der den Mann so richtig wahrgenommen hatte.

Sergej setzte seinen traurigen Bericht fort.

»Eine seltene Krankheit heißt auch – keine effektive Behandlung. Die füllen mich von Zeit zu Zeit mit frischem Blut ab, das hält für eine Weile. Aber mein Abwehrsystem steht auf ›Aus‹. Ich fühle mich mit meinen dreißig Jahren wie ein 70-jähriger Mann – alt und aufgebraucht.«

Niklas und Peter wussten nicht, wie sie ihn trösten konnten. Eine beklemmende Stille herrschte am Tisch. Plötzlich blitzte so etwas wie schwaches Interesse in Sergejs Augen auf.

»*A kak u was dela, mushiki?* (Und wie geht's euch, Männer?)«

Niklas räusperte sich. Was sollte er erzählen?

»Ich habe meine Familie – meine Frau und vier Kinder. Arbeite wie früher als Fahrer in der Kolchose. Ich habe ab und zu Probleme mit den Augen und wache jeden Morgen mit einer Scheißangst auf.«

Sergej drehte sich zu Peter.

»Ich habe gesehen, du hinkst? Hast Schmerzen in den Beinen, was?«

Peter schaute verstohlen zum Nachbartisch hinüber und antwortete ganz leise:

»Rheuma. Noch geht es mir verhältnismäßig gut. Mich quält aber etwas gang anderes. Hab die Liebe meines Lebens getroffen und bin trotzdem todunglücklich, denn … ich bin impotent.«

Er sprach zum ersten Mal ohne Hemmungen über sein Problem, denn er war der Meinung: Auf Offenheit antwortet man mit Offenheit. Und Sergej sollte sich nicht so verdammt allein fühlen.

»Wir sitzen doch alle im selben Boot«, fügte Peter hinzu. Und wieder war diese Bitterkeit in Sergejs Stimme.

»Wir – ja! Wir sitzen in einem Boot – die Soldaten von dem verfluchten Stützpunkt aus dem Jahr 1954. Wir werden es langsam verlassen, einer nach dem anderen, mit 29, 30 oder 31 Jahren. Vielleicht wird jemand auch älter werden.«

Es wurde laut im Café. Eine Gruppe Händler bestellte ihr Mittagessen.

Die drei Kameraden standen auf, schauten sich tief in die Augen, klopften sich zum Abschied auf die Schultern und trennten sich. Gebückt und schlurfend kehrte Sergej zu seinem Obststand zu-

136

rück.

Nachdem Niklas, ohne groß zu wählen, das bestellte Obst gekauft hatte, gingen die Männer schweigend zum Wagen. Den ganzen Rückweg wurde kaum gesprochen.

In den folgenden Tagen erlebte Lisa einen völlig veränderten Niklas. Niedergeschlagen und depressiv verfiel er dem Wodka. Niklas versuchte etwas im Schnaps zu ertränken, was ihn maßlos belastete. Darunter litten seine Ehe, Lisa und die Kinder. Nach ordentlichem Genuss von Alkohol machte er so merkwürdige Bemerkungen. »Ihr werdet alle leben! Ja – leben! Ich aber …«

Aus Begegnungen, aus Briefen erfuhren die Freunde die traurigen Schicksale ihrer ehemaligen Dienstbrüder. Sie litten an Herz-Kreislauf-Erkrankungen, an Nierenversagen, an Krebs aller Art und unerklärlichen Alterserscheinungen mit dreißig Jahren, denn so alt waren sie alle. Über den »Vorfall« aus ihrer Jugend konnten und durften sie den ratlosen Ärzten nichts verraten.

13. Kapitel

Den Druck, der auf seiner Seele lastete, versuchte Niklas auf seine Weise zu lockern. Er trank. Besoffen schrie er seinen Frust den Kumpanen ins Gesicht.

»Wie ausgeliefert wir doch sind! Ihr habt ja alle keine Ahnung!«

Niklas war zu weit gegangen. Er warf den anderen Unwissenheit vor, fühlte sich verraten. Es gab aber Leute, die sehr wohl im Bilde waren, und Niklas wurde nach einem solchen Saufgelage beim Geheimdienst vorgeladen. Ein Bote aus dem Dorfsowjet überbrachte ihm die Nachricht.

Lisa geriet in Panik. Die unheimlichsten Erinnerungen – ihre eigenen, die ihrer Eltern und einiger Dorfbewohner von Ivantal – verband sie mit dieser Behörde. Sie lief zum Autohof, um Peter zu sprechen und herauszufinden, was eigentlich am Vorabend passiert war. Der war zur Arbeit gar nicht erschienen.

»Nicht möglich, ist Peter auch vorgeladen?« Lisa zitterte am ganzen Leib, als sie die Auffahrt zu den Hasfelds hochging.

Marie und Peter frühstückten gerade. Peter sah an Lisas Augen, dass etwas Schlimmes passiert sein musste – etwas, was sie völlig aus der Fassung gebracht hatte.

Marie holte ein Glas Wasser und überreichte es der Freundin. Lisa trank es in einem Zug aus, atmete tief durch. Erst dann war sie in der Lage zu reden.

Aufgeregt berichtete sie, dass Niklas gestern kurz vor Mitternacht stockbesoffen nach Hause gebracht worden sei. Morgens flatterte schon dieser Zettel vom Geheimdienst ins Haus.

In Peters Gesicht zuckte es – die Mitteilung hatte ihn hart getroffen.

»Ich habe gestern früh Feierabend gemacht – hab mir eine Erkältung zugezogen. Niklas habe ich seit zwei Tagen nicht gesehen. Mach dir nicht umsonst so große Sorgen! Er kommt abends zurück und alles wird sich als harmlos herausstellen, glaub mir!«

Sein Herz zog sich zusammen und ein unangenehmes Kribbeln in den Fußsohlen verbreitete sich nach oben.

Lisa verabschiedete sich hastig. »Ich muss zu den Kindern.«

Er hielt sie kurz zurück.

»Ich plane angeln zu gehen, wenn ich wieder auf dem Damm bin. Erlaubst du Niki und Heinz mitzukommen?«

Lisa drehte sich an der Tür um.

»Meinetwegen. Die Kinder werden sich bestimmt freuen.«

Marie brachte sie noch bis zur Straße.

»Was hat Niklas denn morgens gesagt? Wie erklärte er sich diese Vorladung?«

Aus ihrer Stimme klang nicht bloßes Interesse für den Vorfall, so als Unterhaltungsstoff für den Nachbarquatsch – es war echtes Mitgefühl mit der Freundin.

Lisa stieß unter Tränen hervor:

»Mein lieber Gatte macht ja das Maul nicht auf! Schon lange nicht mehr! Seit dieser Fahrt in die Stadt.« Entschlossen trocknete sie sich im Gehen die Tränen ab. »Entschuldige! Du kannst ja nichts dafür.«

Marie schaute Lisa eine Weile nach. Sie wünschte ihr helfen zu können, aber wie?

Lisa eilte zu ihren Eltern. Als Katharina und Heinz Lange die Neuigkeit hörten, überzog Blässe ihre Gesichter.

»Was hat der Mann nur angestellt? Was wollen die von ihm? Was?«

Heinz wirkte verängstigt. Fünfzehn Jahre waren seit seiner Rückkehr aus der Arbeitskolonne verstrichen. Die Angst von damals saß ihm aber noch immer in den Knochen. Der Geheimdienst war die Behörde, mit der er nie wieder im Leben etwas zu tun haben wollte.

»Weiß ich doch nicht!« Lisa schrie es fast heraus.

Ihr Vater musste zur Arbeit und ließ die Frauen allein.

Katharina setzte sich neben die weinende Tochter.

»Lisa, hat er mal erwähnt, dass jemand an ihm interessiert war?«

Sie schluchzte.

»Nein! Hat er nicht. Wie soll ich das verstehen, ›interessiert war‹?« Sie trocknete sich die Tränen ab. »Wie oft habe ich es Niklas gesagt, gebettelt hab ich, dass er mit dem Saufen aufhören soll. Wie oft! Aber nein. Der hat bestimmt den Mund zu voll genommen.« Sie überlegte kurz. »Aber woher sollten die aus dem Bezirk das erfahren haben?«

Katharina wurde nachdenklich.

»Es kann doch sein, dass der Geheimdienst noch immer Lauscher im Dorf hat wie während oder nach dem Krieg? Da die Kommandantur seit Jahren abgeschafft worden ist, dachten wir insgeheim, die Zeiten der Bespitzelung seien ein für alle Mal vorbei.«

Ungläubig sah Lisa ihre Mutter an.

»Du meinst, mein Niklas ist von jemandem beim Geheimdienst angeschwärzt worden?«

Katharina stellte zwei Tassen auf den Tisch.

»Komm, wir trinken einen Tee. Der Kürbiskuchen steht noch im Ofen, nimmst nachher

141

was für die Kinder mit.« Während sie den Zucker auf den Tisch stellte, überlegte sie weiter. »Oder andersrum – die werben Niklas als Informanten an.«

Darauf schüttelte Lisa heftig den Kopf.

»Nein, nein! Nie! Das wird mein Mann nicht tun!«

»Habe ich dir mal erzählt, wie dein Vater in seinen jungen Jahren genau zu diesem Zweck mal vorgeladen wurde?«

Katharina trank von ihrem Tee und begann zu erzählen.

»Wir hatten das schreckliche Jahr 1941, irgendwann im Herbst. Die Vertreibung der Russlanddeutschen aus der Wolga-Republik im August 1941 hatte zur Folge, dass die deutschen Ansiedlungen am Ural verschärft beobachtet wurden, man kann sagen, auf Schritt und Tritt. Die wollten über jeden und alles Bescheid wissen. Wie wir leben, was wir essen, was wir denken.

Jede Woche kam ins Dorf ›Besuch‹ aus dem NKWD. Deinen Vater haben die direkt vom Arbeitsplatz aus dem Rinderstall zum Gespräch eingeladen. Zwei Stunden lang wurde er bearbeitet. Blut und Wasser hat er geschwitzt. Die haben es immer wieder aufs Neue probiert. Zu guter Letzt bekam dein Vater eine Nacht, um es sich zu überlegen. Diese Nacht werde ich mein Leben lang nicht vergessen.«

Lisa hörte gespannt zu.

»Und? Wie hatte er sich entschieden?«

Katharina schaute ihre Tochter an.

»Du kennst ja Vater – er ist kein Heldentyp, eher umgekehrt. Er bekommt es schnell mit der Angst zu tun. Wie ein gehetztes Tier ist er im Haus rumgelaufen, nach einem Ausweg suchend. Er wollte den Vorschlag auf jeden Fall ablehnen, konnte aber keinen brauchbaren Grund für sein ›Nein‹ finden.«

Lisa wurde langsam ungeduldig.

»Und dann?«

»Ja, dann ging er eine ganze Stunde früher zur Arbeit und hat sich in der Melkfarm einem Viehpfleger anvertraut. Und der Mann lieferte ihm prompt das Argument.«

Katharina lächelte. Lisa platzte schier vor Neugier.

»Mutter, jetzt sag schon!«

»Zum festgelegten Zeitpunkt erschien dein Vater im Dorfsowjet und sagte den Leuten, er könne so einen wichtigen verantwortungsvollen Vorschlag auf keinen Fall annehmen, denn er rede im Schlaf. Und er sagte noch, seine Frau, ich war gemeint, würde alles mitbekommen und … ›Sie kennen doch die Frauen!‹ Seltsam, aber mein Heinz bekam keine Antwort auf seine Ausrede. Die Männer sind einfach aufgestanden und rausgegangen.«

Katharina beendete ihre Erinnerung mit den Worten:

»Ja, Lisa, so ist es deinem Vater damals ergangen. Hat der sich besoffen an dem Tag – vor Erleichterung und Freude.«

Katharina sprang auf einmal auf und eilte zum Ofen.

»Mein Gott! Der Kuchen! Wir haben uns fest gequatscht! Hoffentlich ist er nicht verbrannt!«

Sie öffnete die Ofentür, zog mit einem Handtuch das heiße Backblech heraus und der Duft des gebackenen Kürbisses stieg ihnen in die Nase. Katharina packte für die Enkel etwas von dem Gebäck in einen Beutel ein und überreichte ihn ihrer Tochter, die schon an der Tür stand.

Etwas quälte Lisa. Sie hatte plötzlich keine Eile mehr, nach Hause zu gehen, drehte sich zu der Mutter um und brach erneut in Tränen aus.

»Ich bin an all dem schuld! Nur ich!« Sie weinte bitterlich. »Wäre ich blöde Kuh gestern Abend doch zu Hause bei den Kindern geblieben! Dann hätte Niklas den ganzen Ärger nicht.«

Katharina klopfte mit der Hand auf die Sitzbank neben sich.

»Komm, Lisa, setz dich. Jetzt beruhige dich erst mal und erzähl. Was ist bei euch eigentlich los?«

Es dauerte ein wenig, bis Lisa imstande war, ruhig zu sprechen.

»Es ist in den letzten Wochen schlimm geworden. Ich meine – mit der Sauferei. Es gibt kaum einen Tag, an dem Niklas nüchtern und nach Feierabend nach Hause gekommen ist. Jeden Abend das Gleiche! Seit dieser Fahrt in die Stadt hat mein Mann nur das eine im Kopf: Saufen und fremde Weiber.« Bei diesen Worten wurden Lisas Augen wiederum blank und ihre Stimme begann verdächtig zu zittern. »Er hatte schon vorletzte Nacht nicht zu Hause geschlafen.« Um nicht schon wieder loszuheulen, wollte Lisa auf diese Tatsache nicht näher eingehen.

»Als er sich gestern zum Abendbrot noch immer nicht zeigte und die Kinder begannen Fragen zu stellen, war ich mit meiner Geduld am Ende. Er spricht ja kaum mit mir, er erklärt nichts – er verschwindet einfach!« Lisas Stimme grollte vor Wut.

»Und dann bist du los zum Autohof?«

Lisa setzte ihren Bericht fort.

Sie hatte in der vorletzten Nacht ganz wenig geschlafen. Paul konnte wegen seines verstauchten Fußes nicht zur Ruhe kommen. Sie kämpfte bis nach Mitternacht mit kalten Umschlägen gegen die Schwellung. Währenddessen kreisten ihre Gedanken um den Verbleib ihres Mannes. Sie war danach ins Bett gegangen und vor Müdigkeit sofort eingenickt. Erst im Morgengrauen beim Aufstehen zum Melken merkte Lisa, dass die zweite Hälfte des Bettes unangetastet geblieben war. Sie konnte sich schon vorstellen, in wessen Haus Niklas sein Nachtlager aufgeschlagen hatte, und es war so verletzend und beleidigend. Deswegen war sie gestern Abend nach dem Abendbrot unterwegs zum Autohof. Die lauten Stimmen der Männer und ihr vergnügtes Lachen waren für Lisa der Wegweiser.

Sie traf die Gesellschaft in bester Laune an. Sie hatten etwas zu trinken – in der Mitte auf der ausgebreiteten Tischdecke standen etliche Wodka-Flaschen, abseits lagen ein paar entleerte. Zu essen war auch etwas da, ein Laib Brot, geöffnete Fischkonserven, Gurken und Lauchzwiebeln. Die Männer tauschten mehr oder weniger harmlose Witze aus, lachten viel und fühlten sich überhaupt pudelwohl. Lisa war fest überzeugt, dass das bei deren Ehefrauen, die auf sie zu Hause warteten, nicht der Fall war. Sie grüßte kurz und bat Niklas, nach Hause zu kommen. Unterwegs stritten sie, heftig sogar. Er forderte von Lisa, ihn nicht ständig vor den Männern zu blamieren.

»Ich werde schon selbst den Weg nach Hause finden!«

Sie fiel ihm ins Wort. »So wie gestern?!«

Niklas suchte verlegen nach einer passenden Erklärung.

»Gestern … das war eine Ausnahme. Und überhaupt – du nervst mit deinen ewigen Vorwürfen!«

Er drehte sich um und ging kurz entschlossen zurück zum Autohof.

Sie schleppte sich nach Hause. Irgendwann zur späten Stunde wurde Niklas von jemandem vor der Haustür abgeladen – er konnte kaum auf den Beinen stehen. Früh am Morgen hatten sie dann die Bescherung.

Den ganzen Tag ließen Lisa die Gedanken nicht los. Sie stellte sich vor, Niklas sei festgenommen worden und konnte ihr deswegen keine Nachricht zukommen lassen. Sie hielt es zu Hause nicht mehr aus.

Niki und Heinz waren mit Peter Hasfeld zum See angeln gegangen. Die Kleineren, Paul und Lischen, spielten im Sandkasten. Lisa schlug den Kindern vor, an den Fluss zu gehen, was mit einem Freudenausbruch aufgenommen wurde. Sie erlaubte den beiden im seichten Wasser kleine Fische zu beobachten. Selbst setzte sie sich unter die alte Weide, ließ die Kinder nicht aus den Augen und dachte über ihr Leben nach. So richtig glücklich war sie nicht. Sie hatte in sich immer ein schwaches Gefühl der Unruhe, des Erwartens eines Unheils, das über ihr und ihrer Familie schwebte.

Falls Niklas doch noch eine Fahrt zur Station gemacht hatte, sollte er bald zurück sein. Lisa stand auf und rief den Kindern zu:

»Kommt aus dem Wasser! Wir müssen nach Hause – die Kuh kommt bald von der Weide. Wisst ihr, was wir heute zum Abendbrot haben? Oma hat mir einen Kuchen mitgegeben.«

Den ganzen Weg nach Hause skandierten Paul und Lischen im Chor: »Ku – chen! Ku – chen!«

Niklas war in der Tat schon zu Hause. Er hatte sich gewaschen und kämmte vor dem Spiegel sein in der untergehenden Sonne rötlich schimmerndes krauses Haar. Lisas Knien wurden ganz weich. Mit welchem Vergnügen hätte sie ihre Finger durch dieses Haar spazieren lassen, so wie in den kurzen Momenten ihres Zusammenseins mit ihm. Der abwesende Ausdruck seines Gesichts verscheuchte aber im Nu ihre lüsternen Gedanken.

»Niklas, na sag schon! Was wollten die von dir?« Lisa hielt das Schweigen nicht mehr aus. Er schaute sie kurz an. »Wer?«

Verdutzt blickte Lisa auf ihren Mann – was sollte das? War ihm der Kater von heute Morgen noch nicht aus dem Kopf gewichen?

Auf einmal schien ihr Mann sich doch zu erinnern.

»Ach! Du meinst die Vorladung von heute Morgen? Nichts Besonderes – ich sollte ihren Wagen tanken. Dann bin ich zur Station los.«

Lisas Laune besserte sich sofort, obwohl ihr das Ganze schon komisch vorkam. Aber ihr Mann war zu Hause und das war für sie das Wichtigste.

Niklas aß ohne Appetit. Nach dem Essen machte er sich auf den Weg zum See – er wollte den Söhnen und Peter entgegengehen, denn sie müssten bestimmt auf dem Rückweg sein.

Niki und Heinz waren von dem langen Sitzen am Wasser ziemlich ausgehungert. Sie ließen die Erwachsenen hinter sich und eilten schnell nach Hause. Stolz zeigten sie der Mutter die im Eimer schwimmenden Fische. Sie versprachen die Fische auch zu säubern und auszunehmen. Nur braten sollte die Mutter sie.

Niklas und Peter gingen langsam die Straße entlang und unterhielten sich. Eigentlich sprach nur Niklas und die Angst stand ihm ins Gesicht geschrieben.

»Was die KGB-Leute mir alles vorgeworfen haben! Die wussten genau Bescheid – wo, was und wann ich etwas gesagt hatte! Woher nur? Die wussten alle Details über unser Treffen mit Sergej und sogar, worüber wir geredet haben.«

Peter fragte auf einmal:

»Erinnerst du dich noch an den schäbigen Mann im Café, der dich um Feuer bat?«

Von Niklas kam es ziemlich ungeduldig:

»Ja, was ist mit ihm?«

Peter senkte die Stimme.

»Ich saß doch mit dem Gesicht zu seinem

Tisch. Etwas stimmte mit dem Mann nicht. Er hat uns die ganze Zeit beobachtet und belauscht – daher die Informationen, glaub mir!«

Peter wirkte angespannt.

»Ob ich auch mit einer Vorladung rechnen muss?«

Niklas wollte es eigentlich für sich behalten, aber er hatte seinem Freund noch nie etwas verschwiegen, außer seinem Geheimnis aus der Armeezeit.

»Ich weiß nicht, aber gefragt haben die mich nach Peter Hasfeld. Ich meinte, wir waren mal Dienstbrüder und sind bis heute die besten Freunde geblieben, und ob das verboten sei. Einer der Geheimleute grinste schief und meinte nur, wir sollten die Themen unserer Unterhaltung sorgfältiger auswählen. Zum Schluss haben die mir gedroht mit Worten wie ›die Kinder, die junge Frau und es wäre doch jammerschade, dies alles zu vermissen‹.«

Peter verstand seinen Freund nur zu gut.

»Du, Niklas, wir müssen vorsichtiger sein! Diese Leute meinen es todernst! Schau dir Lisa an, die ist heute vor Sorge um dich fast verrückt geworden. Lass diese Zechgelage endlich bleiben!«

Er klopfte dem nachdenklich gewordenen Niklas auf die Schulter.

»Es ist schon spät, ich muss nach Hause. Marie wartet schon.«

Peter ging leicht hinkend die Straße entlang. Heinz kam gerade vom Hof und schrie ihm hinterher:

»Onkel Peter, willst du nicht die gebratenen Fische probieren? Mama nimmt die gerade aus der Pfanne.«

Peter drehte sich kurz um und lächelte.

»Lasst es euch schmecken! Auf mich wartet eine Hühnersuppe – mein Leibgericht!«

Heinz brummelte enttäuscht:

»Hühnersuppe – das ist etwas für Kranke.«

Niklas näherte sich dem Sohn, fuhr mit der Hand über seine Haare und fragte ein wenig abwesend:

»Kriege ich was von den Fischen ab?«

Die beiden stolzen Angler schrien im Duett:

»Na klar! Papa, komm doch mal mit zum Angeln! Onkel Peter hat eine tolle Stelle am See gefunden – dort beißen die Fische wie verrückt an!«

Niklas überlegte kurz.

»Hört sich gut an. Was haltet ihr von der Idee, am nächsten Sonntag einen Ausflug zum See mit der ganzen Familie zu machen? Was sagst du dazu, Lisa?«

Mit dem Einverständnis der Kinder war zweifellos zu rechnen. Lisa war auch sofort Feuer und Flamme.

Jahrzehnte später würde sie alle Einzelheiten

151

dieser gelungenen Landpartie aus dem Gedächtnis kramen, würde sie wiederholt erleben, würde sich nach ihrem Mann sehnen, würde weinen.

14. Kapitel

Das Leben der Sonnbergs ging weiter – mit kleinen Freuden, den Sorgen des Alltags, mit Enttäuschungen und Siegen, mit Tränen des einen und Ausrasten des anderen, mit Lachen und Versprechungen. So spielte es sich eben in einer Großfamilie ab, denn das fünfte Kind, Sohn David, war im Herbst sechs Monate alt geworden.

Zehn Jahre waren seit dem September 1954 ins Land gegangen. In diesem September feierte Niklas Sonnberg ganz tief im Herzen seinen persönlichen Sieg – den Sieg über seinen vor zehn Jahren vorausgesagten Tod, den Sieg über den atomaren Pilz am Himmel, dessen Bild ihn so oft in den Albträumen verfolgte. Er trotzte mit seinem erfüllten Leben den Wichtigtuern der Medizinischen Kommission und wollte ab diesem September keine Jahre mehr zählen. Er war gesund, fühlte sich mit einunddreißig noch jung und stark.

Niklas Sonnberg schätzte sich als einen richtigen Mann ein. Obwohl, eins fehlte noch, um als solcher aufzutreten: Nach einem alten Spruch musste er einen Baum pflanzen, einen Sohn in die Welt setzen und ein Haus bauen. Die ersten beiden Forderungen hatte er erfüllt, sogar übertroffen – vier Söhne würden seinen Namen Sonnberg im Leben weitertragen. Es fehlte nur noch ein Haus, das gebaut werden musste. Darüber gab es oft Streitigkeiten mit Lisa. Das alte Häuschen platzte aus allen Nähten, es fehlte an Platz für die Kinder, es zog im Winter aus allen Ecken und jeden Sommer standen irgendwelche Ausbesserungen an. So wurde eine Stallwand neu hochgezogen, zwei schief hängende Fenster wurden ausgewechselt und das Fundament an der Frontseite des Hauses, unterspült vom Frühlingswasser, musste untermauert werden. Lisa hatte es langsam satt, denn diese Reparaturen waren auf Dauer keine Lösung. Sie hockten praktisch aufeinander in dem Altbau. Niklas vertröstete sie immer wieder auf das nächste Jahr – die Jungs könnten dann richtig mithelfen und die nötige Geldsumme hätten sie dann auch zusammengekratzt.

An dem folgenden Sommer erlitt Lisa eine Fehlgeburt und wäre fast verblutet. Sie brauchte Monate, um wieder zu Kräften zu kommen. So wurde der Bau des Hauses wieder in die Ferne geschoben.

Die ersten Anzeichen des Unwohlseins bei Niklas zeigten sich, als Eddi, das sechste Kind, sechs Monate alt war und er vierunddreißig Jahre. Hinterm Ohr wuchs ihm ein Grießbeutel, der als solcher vom Chirurgen diagnostiziert wurde. Als der Arzt ihm bereitwillig vorschlug, ihn wegzuoperieren, gab Niklas sein Einverständnis.

Nach Monaten plagten ihn ab und zu mal kleine Wehwehchen, die er mit den schlaflosen Nächten, wenn Eddi kränkelte, oder mit dem Kater vom Feiern am Vortag in Verbindung brachte. Die Alarmglocken schlugen bei Niklas, als Schmerzen auftraten und immer heftiger wurden. Seine Angst verwandelte sich in Panik, die er zusammen mit den Schmerzen mit Unmengen Alkohol zu betäuben suchte. Aber es klappte nicht so richtig. Es war höchste Zeit, einen Arzt aufzusuchen, aber davor fürchtete er sich auch. Er wollte Lisa nicht frühzeitig beunruhigen, daher verschwieg er seine Schmerzen, solange sie auszuhalten waren. Er machte noch immer seine Fahrten zur Station, musste aber unterwegs oft anhalten. Er verfluchte alles und schrie dann in diese menschenleere Steppe hinein: »Ich will nicht sterben! Ich will nicht!!«

Peter Hasfeld machte sich ernsthafte Sorgen um Niklas. Seit Tagen beunruhigten ihn sein abwesender Blick, das krampfhafte Lächeln und die unnatürliche Haltung beim Gehen. Genauso wie Lisa hatte er den Freund auf seinen Gesundheitszustand angesprochen. Zur Antwort schlug der nur mit der Hand. Niklas zog das Spiel so lange durch, bis er eines Tages auf dem Autohof ohnmächtig aus dem Fahrerhaus seines Wagens stürzte.

Es folgten die Einlieferung ins Krankenhaus mit zahlreichen Untersuchungen und dann die Operation. Als Niklas danach die Narkose ausschlief, wurde Lisa zu einem Gespräch mit dem Chirurgen gebeten, der ihren Mann operiert hatte. So saß sie, klein und unglücklich in sich versunken, und wartete auf die Schreckensnachricht. Mit dem Gefühl einer liebenden Frau spürte sie das nahende Unheil.

Der Chirurg wirkte sehr ernst, als er hereinkam. Sie grüßte leise und krümmte sich auf ihrem Stuhl noch mehr zusammen. Der Arzt räusperte sich, hüstelte ein paarmal in die vor den Mund gedrückte Faust und begann vorsichtig mit seiner nicht leichten Aufgabe.

»Ihr Mann ist heute operiert worden. Diese Strapazen hätten wir ihm und uns aber sparen können. Wir öffneten die Bauchhöhle, sahen das Übel und nähten gleich zu. Ihr Mann hat Krebs, Frau Sonnberg. Die Leber ist bereits voller Metastasen.«

Sie flüsterte: »Krebs? Niklas hat Krebs? Was ist das – Metastasen?«

Er erklärte es ihr wie einem Kind.

»Das heißt, dass das Krebsgeschwür sich verbreitet. Die anderen Organe sind auch in Gefahr.«

Es traf sie wie ein Hammerschlag. Sie schaute

156

den Arzt aus weit aufgerissenen Augen an, aber sie sah ihn nicht wirklich. Alles Blut war aus ihrem Gesicht gewichen, es wurde weiß wie die Wand. Ihr wurde so seltsam. Sie sah in weiter Ferne Nebelschwaden aufsteigen. Sie änderten ihre Farbe von Weiß zu Grau, dann wurden sie dunkel. Die Winde formten die Schwaden zu einem schwarzen Pilz und trieben ihn zum Horizont. Um Lisa drehte sich alles. Sie hörte wie aus weiter Ferne den Arzt rufen. »Schwester! Schnell! Ein Glas Wasser!«

Nachdem Lisa etwas getrunken und auf Anweisung des Arztes tief durchgeatmet hatte, kehrte sie in die Wirklichkeit zurück. Unter Tränen sagte sie:

»Wir wollten doch ein Haus bauen. Sechs Kinder warten auf ihren Vater. O mein Gott!« Sie nippte noch einmal von dem Glas, das der Arzt ihr hinhielt, und stammelte heraus: »Wie viel Zeit bleibt meinem Mann noch?«

Sechs Monate, oder sieben, vielleicht auch mehr – genau wusste der Arzt es auch nicht.

Lisa torkelte aus dem Zimmer auf den langen Flur, wo Peter und Marie auf sie warteten. Mit zitternder Stimme teilte sie ihnen die schreckliche Diagnose mit. Mit verstörten Gesichtern blieben sie eine Weile sitzen. Ein heftiger Weinkrampf rüttelte an Lisas schmalem Körper. »Ich kann jetzt nicht zu ihm! Ich kann es nicht!«

Marie weinte leise. Niklas tat ihr so leid, aber die Freundin nicht weniger. Sie drückte Lisa beruhigend an sich.

»Weine dich aus! Besser hier als vor den Kindern. Gut so.«

Peter hielt schweigend Lisas Hand – er fand keine Worte.

Nachdem sie sich beruhigt hatte, fuhren die drei nach Hause. Den ganzen Weg vom Krankenhaus bis zur Haustür sprach Lisa kein einziges Wort, sie wirkte apathisch. Am Hof angekommen, erinnerte sie sich plötzlich, dass sie vergesen hatte, nach dem Tag der Entlassung zu fragen.

Peter drehte sich zu ihr um.

»Ich habe mich erkundigt. In einer Woche darf Niklas nach Hause. Ich hole ihn auch ab, mach dir deswegen keine Sorgen.«

Nachdem die Hasfelds weg waren, lief Lisa zu ihrer alten Weide am Fluss. Sie war noch nicht in der Verfassung, den Kindern in die Augen zu schauen. Irgendwann würde sie ihnen die schreckliche Nachricht über Vaters Zustand mitteilen, aber wie? Wie sollte sie es ihnen nur beibringen? Lisa konnte keinen klaren Gedanken fassen, sie weinte, betete und schrie. Sie suchte nach Antworten und bekam keine.

Das Wetter schlug um – dunkle Wolken tummelten sich in der Ferne, die Luft wurde frischer, der Wind jagte kleine Wellen auf dem Wasser. Lisa wendete den von Tränen verschleierten Blick zum Himmel und zuckte zusammen. Der vorbeischwebende dunkle Schatten hatte ihr Angst eingejagt, sie flüsterte:

»Du hast mich doch eingeholt! Ich hatte gehofft, dir entkommen zu sein! Verschwinde endlich!«

Lisa sprach ein Gebet und fühlte sich danach innerlich ruhiger. Sie musste jetzt ins Haus zu den Kindern.

»Gott steh mir bei!«

Davids erste Frage, als die Mutter über die Schwelle trat, war: »Wann kommt Papa nach Hause?«

Lisa kümmerte sich sofort um Eddi, der sich ohne die Mutter nicht so wohl gefühlt hatte, und antwortete kurz und trocken: »In sechs Tagen ist euer Vater wieder daheim. Aber er ist noch nicht gesund. Wir müssen ihm alle beistehen.«

Sie musste sich zusammenreißen, um nicht loszuheulen. Es war ihr bewusst, dass *sich zusammenreißen* ein Dauerzustand auf unabsehbare Zeit sein würde. Weiter wollte sie noch nicht denken, schob es es einfach von sich. Kommt Zeit, kommt Rat.

Als die Wunde nach dem Eingriff einigermaßen verheilt war und sich trocken anfühlte, durfte

Niklas Sonnberg nach Hause. Es war eine traurige Rückkehr für ihn – als ob er an dem Punkt angelangt wäre, wo der Anfang von seinem Ende lag. Wie viel Zeit ihm noch blieb, konnte keiner so genau sagen. Er hatte eine panische Angst vor den Schmerzen, die ihn immer öfter, andauernder und heftiger quälten. Die folgenden Monate waren ein schwerer Abschnitt für ihn – ein Leben ohne Zukunft, ohne Freuden und mit dem einzigen Wunsch, dass diese zermürbenden Schmerzen endlich aufhörten. Es war ein Leben zwischen zwei Spritzen.

Nach der Injektion kam die Erleichterung, aber diese Zwischenzeiten bis zum nächsten Einsatz der Qualen wurden immer kürzer. Niklas wurde ungeduldig, reizbar, forderte völlige Ruhe, was mit sechs Kindern in den kleinen Räumlichkeiten nicht einfach war. Er war des Öfteren kurz angebunden, schrie die Kinder an. Sie mieden seine Nähe.

Niki und Heinz verbrachten mehr Zeit außer Haus, was Lisa traurig stimmte, aber sie verstand ihre Jungs. Sie selbst zerriss sich zwischen Haushalt, Familie und der immer aufwendigeren Pflege des Mannes. Lisa war ernst geworden. Sie wusste selbst nicht mehr, wann sie zum letzten Mal gelacht hatte. Die Falten um ihren Mund und zwischen den Augenbrauen vertieften sich immer mehr.

Die Kinder litten sehr unter der Krankheit des Vaters und dem seelischen Zustand der Mutter.

Was Niklas insgeheim hasste, waren die Krankenbesuche. Er spürte ganz genau, wer ihn bemitleidete, wer aus purer Neugier seinen Zerfall anstarrte und wer ihn einfach einlud, sich am Leben zu beteiligen, wie viel auch immer ihm davon geblieben war. Da war diese Klatschtante Elfriede Weiß, eine entfernte Verwandte. Die fing schon an der Schwelle an zu weinen, glotzte ihn unverhohlen an und brachte kein einziges Wort heraus. Niklas hatte den Eindruck, dass sie ihm am liebsten über den Kopf streicheln würde. Es schauderte ihn. Er war überzeugt, dass später ihr Mundwerk umso mehr an den Zäunen der Nachbarschaft in Arbeit war.

Über die Besuche seiner Kollegen vom Autohof, die ihn mit ihren rauen Sprüchen und Neckerei aufzumuntern versuchten, freute er sich hingegen. Auch die Schwiegermutter besuchte die Familie, sooft sie konnte. Irgendwie traf sie immer die Zeit nach der Spritze, wenn Niklas zugänglicher war. Sie nahm dann die beiden Kleinsten, David und Eddi, mit ins Zimmer zum Vater, unterhielt sich mit ihnen, bezog Niklas in die Spiele mit ein. So hielt sie ihm immer wieder die Erkenntnis vor Augen, nicht umsonst gelebt zu haben, obwohl es verdammt bitter war, mit fünfunddreißig schon Schlüsse zu ziehen.

Als Lisa mit einem Glas Wasser ins Zimmer kam – es war für Niklas an der Zeit, die Arznei zu schlucken –, erhob sich Katharina zum Gehen und sagte an der Tür mit zitternder Stimme:

»Kinder, kämpft nicht verzweifelt gegen das Unvermeidliche an. Es bringt nichts. Nutzt eure Kräfte lieber dazu, das Leben eurer Familie bis zum Eintreten des Unumgänglichen möglichst erträglich zu gestalten. Deine Familie, Niklas, hätte gerne das andere Los gezogen, genauso wie du.«

Lisas Augen schwollen von den zurückgehaltenen Tränen an. Niklas ließ den seinen freien Lauf. Er verstand schon, dass die taktvolle Katharina das Wort ›Tod‹ nicht in den Mund nehmen wollte. Er dagegen freundete sich mit ihm so langsam an. Musste er wohl.

Der einzige Mensch, auf den Niklas jeden Tag sehnsüchtig wartete, war Agnes, die jüngere Schwester seiner Lisa – das Baby aus dem schrecklichen Kriegsjahr '42. Agnes war von Beruf Krankenschwester, befand sich aber im Erziehungsurlaub mit ihrem zweiten Kind. Für Niklas war sie so etwas wie ein Engel, eine Erlöserin, wenn auch nur für eine kurze Zeit. Sie war diejenige, die ihm jeden Tag die rettenden Spritzen setzte. Sie eilte zu Lisas Haus, so schnell sie konnte, traf sogar vor dem festgelegten Zeitpunkt ein, aber immer öfter wurde sie zur Begrüßung mit ein und demselben

Satz empfangen: »Agnes, wo bleibst du so lange?« Die junge Frau hatte ihren Schwager schon immer gern gehabt. Sie schätzte an ihm seinen Sinn für Humor, die Hilfsbereitschaft und seine fröhliche Art, die sie in den letzten Monaten so ungemein vermisste. Sie war nur unter Schwestern aufgewachsen und Niklas war für sie schon immer wie ein großer Bruder gewesen.

Zweimal in der Woche kamen die Hasfelds vorbei. Marie grüßte gewöhnlich kurz, sprach aufmunternde Worte und eilte Lisa zur Hilfe. Peter setzte sich dann zu Niklas ans Sofa, wo er liegend die Tage verbrachte, teilte ihm die Neuigkeiten vom Autohof mit und kämpfte schwer mit der Erkenntnis, seinen Freund verlieren zu müssen, was jeden Tag offensichtlicher wurde.

Eines Tages hatte er Niklas angelogen, als der nach der Gesundheit der Freunde Sergej Krotow und Nikolai Sudenko fragte. Obwohl Niklas zur Decke starrte, wendete Peter den Blick von ihm ab.

»Ohne Veränderung. Die beiden sind nicht so leicht kleinzukriegen, sie kämpfen weiterhin um ihre Invalidenrente.«

Unmöglich hätte er Niklas sagen können, dass Sergej letzte Woche beerdigt worden war – der Krebs hatte ihn besiegt. Nikolais Zustand verschlechterte sich auch immer mehr.

Genauso erging es auch Niklas. Seine Leber versagte ihren Dienst. Er konnte kaum etwas essen, erbrach das Wenige, das er noch zu sich nahm, wieder. Seine Haut am ganzen Körper und die Augen bekamen einen gelblichen Schimmer, der sich von Tag zu Tag zu einem ausgeprägten Gelb steigerte. Bis auf die Knochen war Niklas abgemagert, es ging mit ihm rapide bergab. Er spürte seine Zeit davonlaufen und beschloss sich mit Lisa auszusprechen.

Die letzten Monate hatten auch sie gezeichnet. Blass und schmal war sie geworden, nur noch ein Schatten ihrer selbst. Sie bedeckte ihren Mann mit der zweiten Decke, denn in dem alten Haus zog es aus allen Ecken. Er nahm ihre Hand und drückte sie leicht. Die Kraft seiner Hände, wo war die nur hin? Mit schwacher Stimme bat er sie:

»Komm, setz dich zu mir! Ich muss dir was beichten.«

Lisa bekam es mit der Angst zu tun. Sie wollte eigentlich nichts hören, die Ungewissheit war ihr lieber.

Niklas sprach leise, mit schmerzverzerrter Stimme:

»Nach meinem Dienst bei der Armee hatte ich Probleme mit den Augen, erinnerst du dich noch?«

»Ja, ich weiß. Du konntest das grelle Sonnenlicht lange nicht ertragen und bei deinen Fahrten hattest du jahrelang die dunkle Brille dabei.«

Niklas hielt ihren Blick fest.

»Es waren diese Militärübungen. Ich habe dir damals nur die halbe Wahrheit gesagt. Jetzt geht es mit mir sowieso bald zu Ende und ich bin es meinen Kindern und dir schuldig. Aber bitte, behalte es für dich!« Sein Atem ging schwer.

Lisa fröstelte. »Das muss ja eine ernste Sache sein, wenn du all die Jahre darüber geschwiegen hast.«

Niklas sprach jetzt hastig, als wollte er es schnellstens loswerden:

»Ja, das ist sie. Bei den Militärübungen im Jahr 1954 in Tozk wurde eine Atombombe getestet. Ich war dabei und wurde verstrahlt.«

Lisa sah ihn aus großen Augen an und stammelte: »Was … was erzählst du da?«

Niklas setzte fort:

»Wir mussten alle so ein Papier unterschreiben – ein Eid auf Schweigepflicht für fünfundzwanzig Jahre. Ich bin gerade dabei, nach fünfzehn Jahren dieses Ehrenwort zu brechen.«

»Und Peter? Ihr seid doch zusammen auf dem Stützpunkt gewesen.«

»Der musste auch unterschreiben, obwohl er an dem Tag im Stab der Armee war.«

Er machte eine kleine Pause, war aber entschlossen, bis zum bitteren Ende zu gehen.

»Da ist noch was … Am Tag der Entlassung aus dem Hospital wurde ich vor eine Medizinische Kommission geladen. Die Ärzte haben mir, dem damals 21-Jährigen, eine Lebenserwartung von zehn Jahren vorausgesagt.«

So, jetzt war es heraus. Erleichtert atmete Niklas tief durch, soweit es ihm die auftretenden Schmerzen erlaubten, und schloss die Augen.

Hinter Lisas Stirn arbeitete es. Es war an ihren Augen zu sehen – sie versuchte die schockierende Information zu begreifen. Ungläubig schüttelte sie den Kopf.

»Es ist nicht wahr! Das … das kann nicht sein!! Was sagst du da? Zehn Jahre haben sie dir gegeben? Nur zehn Jahre?« Sie sprang auf. »Du … du gottverdammter Egoist! Wieso, Niklas? Wieso sechs Kinder? Hast du auch nur einmal an mich gedacht? Was soll aus uns jetzt werden? Was?«

Lisa lief im Zimmer hin und her. Sie drückte die Finger gegen die Schläfen, ihr Kopf dröhnte. Sie konnte keinen klaren Gedanken mehr fassen.

Niklas öffnete die Augen, Tränen liefen über seine hohlen Wangen.

»Ich habe denen einfach nicht geglaubt. Mit einundzwanzig Jahren ist es nun mal schwer, sich Gedanken über den eigenen Tod zu machen. Ich wollte leben, Lisa, ein langes Leben mit dir und unseren Kindern! Ich hoffte, ich würde verschont bleiben. Verzeih mir, bitte! Verzeih!«

Das Gespräch hatte Niklas die letzten Kräfte geraubt. Er war unendlich müde, aber endlich befreit. Im Zimmer war nur noch Lisas herzzerreißendes Weinen zu hören und das Heulen des Windes hinter dem Fenster.

Wie in Trance ging Lisa zur Tür. Dort wurde sie von den Worten ihres Mannes eingeholt:

»Behalte es für dich, Lisa! Der KGB versteht keinen Spaß. Ich meine es todernst!«

Mit tränenverschleiertem Blick drehte Lisa sich um – und nur noch eine Frage, die sie ungeheuerlich quälte, blieb im Raum hängen: »Wie soll das Leben für mich und die Kinder bloß weitergehen?«

Niklas unterdrückte ein Stöhnen und flüsterte:

»Lisa, Liebling! Ich habe so viele Fehler im Leben gemacht – war überheblich, hab' dich gedemütigt und betrogen. Hätte ich doch noch ein Paar Jährchen, um es alles gutzumachen! Aber … Kannst du mir verzeihen?«

Sie lief die wenigen Schritte bis zum Sofa, umarmte behutsam seine knochigen Schultern und drückte ihr tränenüberströmtes Gesicht an das seine.

»Ich habe so eine verdammte Angst, Niklas …«

Es kam kaum hörbar von seinen Lippen:

»Ich bin ja bei dir … noch …«

15. Kapitel

Die schmerzhafte Frage, wie es mit ihrer verwaisten Familie weitergehen sollte, stellte sich Lisa auch eine Woche später auf dem Friedhof von Ivantal. Der Dezember 1968 war sehr reich an Schnee und von anhaltender Kälte, und ein eisiger Wind wehte von Osten.

Am Tag der Beerdigung waren die Traktoren schon früh am Werk. Unter erheblichen Bemühungen und großem Zeitaufwand sollte im meterhohen Schnee ein Weg zum ausgehobenen Grab freigelegt werden. Das ganze Dorf hatte sich zum Begräbnis eingefunden. Es war ein Schock, einen 35-jährigen, allgemein beliebten Mann, den Vater einer kinderreichen Familie, zu Grabe zu tragen müssen, denn die Diagnose ›Krebs‹ war damals noch eine Seltenheit. Die Nachbarn, die Freunde und Verwandten, die Arbeitskollegen von Niklas – sie alle wollten Lisa zeigen, dass sie nicht allein am Sarg des Ehemannes stehen müsse.

Lisa stand in der Tat nicht allein vor diesem tiefen, schwarzen Loch, in das langsam, aber unwiderruflich ein Teil ihres Lebens herabgelassen wurde. Der andere Teil – ihre sechs Kinder,

von denen der Älteste, Niklas, siebzehn Jahre alt
war und der Jüngste, Eddi, erst achtzehn Monate, umringten Lisa, die nur noch ein Häufchen
Elend war.

Die Kleinsten, David und Eddi, drückten sich
ängstlich an die Mutter, die hinter ihnen stand
und sie mit den Armen umschloss. Sie verstanden
nicht, warum alle ringsherum weinten, sogar Onkel Peter. Die Mittleren, Paul und Lischen, weinten hemmungslos. Sie waren von der Kälte und
der Prozedur der Beerdigung so erschöpft, dass
sie zu beiden Seiten an der Mutter lehnten. Die
älteren Söhne, Niklas und Heinz, blickten mit
starrer Miene in das Loch. Der Verlust des Vaters
hinterließ bei den Jungen eine klaffende Wunde.
Die Zeit würde sie heilen, aber das Gefühl, den
wichtigsten Menschen im Leben verloren zu haben, würde für immer bleiben.

In der Nacht nach der Beerdigung zog Lisa die
Bilanz ihres Lebens. Sie war 36 Jahre alt, sie be-
saß ein altes, zum Abriss reifes Häuschen, im
Stall warteten eine Kuh, ein Schweinchen und
ein paar Hühner mit einem Hahn auf Futter, und
sie hatte keine Arbeit. Aber sie hatte sechs Mäu-
ler zu stopfen. Wie, um Gottes Willen, sollte sie
das anstellen? Sie war müde vom Grübeln, ratlos
und wütend, wütend auf den Staat und die Obrigkeit. Warum? Warum musste es so kommen?

Wieso wurde Niklas ihr und den Kindern so früh genommen? Es half alles nichts. Lisa begann nüchtern nachzudenken. Sie war auf sich allein gestellt, sie trug ab heute die volle Verantwortung für ihre Familie. Als Erstes musste sie sich eine Arbeit suchen und den gemeinsamen Traum, ein Haus zu bauen, an den Nagel hängen.

Lisa eilte nach draußen in die frostige Frische des Winters. Sie watete durch den Schnee zum Fluss, und erst unter ihrer Weide machte sie Halt. Unter Tränen wiederholte sie immer wieder:

»Niklas, du hast mich im Stich gelassen! Wie soll ich das nur alles packen? Sag es mir!«

Sie weinte und betete: »Lieber Gott, hilf mir, bitte! Bleib du an meiner Seite!«

Die kurzen Tage des rauen Winters wechselten die langen Nächte ab. Lisa flitzte von einer Aufgabe zur anderen: die Kinder satt machen und erziehen, das Vieh versorgen, zweimal am Tag den Ofen anheizen und zur Arbeit eilen. Nach einer einwöchigen Einarbeitung konnte sie bei Agnes in der medizinischen Ambulanz als Sanitäterin anfangen. Die Kinder mussten vom ersten Tag an mithelfen. Die Größeren kümmerten sich um das Vieh im Stall, Paul und Lischen passten auf die kleinen Brüder auf und waren verantwortlich für das Aufräumen im Haus. Nach der Arbeit musste Lisa kochen, Hausaufgaben kontrollieren, zweimal in der Woche Brot backen, Streit schlichten und Strafen verteilen. Nur zum Lachen kam sie nie. Sie fiel spätabends todmüde ins Bett und konnte trotzdem lange nicht einschlafen. Es war fast ständig kalt im Haus – im Sommer, koste es, was es wolle, musste das Strohdach erneuert werden. Für den nächsten Abend war eine Elternversammlung in der Dorfschule anberaumt – ihre Jungs zeigten leider kein großes Interesse am Lernen. Sie hatte eigentlich keine Lust, vor den Versammelten wieder einmal bloßgestellt zu werden, aber sie musste dort erscheinen. Ein tiefer Seufzer begleitete diesen Gedanken. Etwas Gutes gab es aber auch: Die Kuh musste bald kalben, und dann kamen endlich Milch, Butter und Sahne auf den Tisch.

In der Nacht träumte sie von einem Haus, das groß, hell und warm war.

Am nächsten Morgen kam Lisas Freundin Anna auf einen Sprung vorbei.

»Du, Lisa, ich bin auf dem Wege in den Dorfladen, soll ich dir was mitbringen? Mensch, ist das kalt bei euch!«

Lisa war gerade dabei, die Kleinen anzuziehen.

»Du, ich wollte gerade anheizen. Was hast du mich gefragt? Ach ja, mir fehlt Zucker. Wir haben das letzte Brot angeschnitten. Ich muss Hefe ansetzen, um abends ein Blech Brot einzuschieben.«

Lisa sprach leise, wie mit sich selbst. Anna warf einen mitleidsvollen Blick auf die Freundin und ging dann.

Auf dem Hof begegnete sie Lisas Mutter. Anna grüßte, deutete auf den prallen Beutel unter Katharinas Arm und sagte:

»Ich wollte gerade Zucker für Lisa einkaufen.«

Katharina war vom schnellen Gehen ein wenig aus der Puste.

»*Mores*, Anna! (Guten Morgen, Anna!) Nee, nee, brauchst du nicht. Ich habe Zucker und noch ein frisch gebackenes Brot dabei. Die Jungs haben einen guten Appetit. Wir sehen uns, Anna!«

Katharina hatte es ziemlich eilig, denn etwas sehr Wichtiges sollte die Tochter von ihr erfahren. Als sie hereinkam und Lisa so versteinert sah, dachte sie darüber nach, wie lange schon sie Lisas Lachen vermisste. Die Tochter stürmte hinaus, kam mit einem Arm voller Holzscheite zurück und legte sie vor dem Ofen ab.

»Mutter, ich weiß nicht mehr weiter. Diese Bude ist nicht warm zu kriegen, besonders bei diesem Wind.«

»Kein Wunder! Kind, das ist ja eine der ersten Lehmhütten, die bei der Ansiedlung Ende des 19. Jahrhunderts hier am Ural in Eile zusammengebastelt wurden.«

Katharina streichelte den Enkeln über die kahl geschorenen Köpfe.

»Musste das sein, Lisa? Und dann noch im Winter.«

»Paul hat Läuse aus der Schule eingeschleppt. Dagegen musste ich doch etwas tun.«

Lisa war inzwischen mit dem Ofen beschäftigt.

Katharina besuchte oft die verwaiste Familie und brachte jedes Mal etwas zum Naschen mit. David betastete interessiert den Beutel.

»Was ist da drin?«

»Ja, was wohl?« Katharina schnitt den beiden je eine Scheibe vom duftenden Brot ab, stellte in die Tischmitte eine Untertasse mit Zucker und tropfte ein wenig Wasser hinein.

»Zucker und Brot macht Wangen rot. Lasst es euch schmecken!«

Ohne ihre Arbeit zu unterbrechen, meinte Lisa:

»Zu unserer Zeit wurde immer gesagt, ›Salz und Brot macht Wangen rot‹.«

Sie stellte ihren Kleinsten je ein halb volles Glas Milch hin und setzte sich mit einer Handarbeit zur Seite.

Katharina nahm Platz neben Lisa.

»Sag mal, dein gemeinsamer Traum mit Niklas war doch, ein neues Haus zu bauen, oder?«

Lisa schaute die Mutter nicht an.

»Das war das letzte Erfreuliche, was uns vor dem Ausbruch der Krankheit beschäftigte. Ein

173

Luftschloss – alles blieb nur Gerede! Zu dem Gesparten ist nicht viel hinzugekommen.«

Katharina legte ihre Hand auf die Kindersocke mit einem großen Loch, das Lisa gerade vorhatte zu stopfen.

»Lisa, du bist erbittert und traurig, aber das Leben geht weiter. Niklas war ein geselliger Mensch. Er hatte eine Menge Freunde – aus der Dienstzeit bei der Armee, die Fahrer vom Autohof, seine Kumpels und die Nachbarn. Das ganze Dorf hat zugestimmt.«

Lisa putzte Eddi das vom Zucker klebrige Gesicht ab, dann warf sie der Mutter einen fragenden Blick zu.

»Wobei zugestimmt?«

Katharina strahlte vor Freude.

»Na, dem Bau eines Hauses für deine Familie! Alle werden mithelfen! Jetzt freu dich doch mal, Kind!«

Katharinas Stimme zitterte vor Aufregung, als sie weiterberichtete:

»Auf der Brigadesitzung gestern Abend wurde über deine Familie gesprochen. Ein Bauleiter ist gewählt worden, der sich um die Planung und den Bau des Hauses kümmern wird. Peter Hasfeld ist bereit, die Anschaffung der Baumaterialien zu übernehmen.«

Lisa begann langsam zu begreifen.

»Und wann soll das Ganze starten?« Sie konn-

174

te ihr Glück nicht fassen.

»Sobald der Schnee weggetaut, das Tauwasser abgeflossen und der Boden durchwärmt ist, wird man mit dem Ausheben des Fundaments beginnen.«

Ungläubig starrte die Tochter die Mutter an.

»Ist es wahr? Ist es wirklich wahr?« Lisa legte ihre Handarbeit zur Seite und brach in Tränen aus. Aber seit Monaten waren es wieder Tränen der Freude.

Das Gebot ›Einer für alle und alle für einen!‹, nach dem die Kinder in der Schule erzogen wurden, trug seine Früchte auch im Erwachsenenleben. Lisas Haus, das in neun Monaten fertiggestellt wurde, war ein überzeugendes Beispiel dafür. Freunde und Kollegen von Niklas, Verwandte und Bekannte – jeder packte beim Bau mit an, sooft er eine freie Stunde hatte. »Mitleid in Taten umgesetzt« – Peter Hasfeld drückte es so aus.

»Lisa, es soll dir nicht peinlich sein. Wir tun es nicht nur persönlich für dich – wir tun es auch für deine Kinder und für Niklas.«

Der Sommer und der Herbst waren ziemlich anstrengend, aber der Alltag und der Hausbau dazu machten die Trauer um Niklas erträglicher. Lisa kochte jeden Tag für die Helfer, sie war immer unter Menschen und hatte gar keine Zeit, sich zu verkriechen. Wann auch immer Peter den

Bau aufsuchte, verfolgten Nik und Heinz ihn auf Schritt und Tritt. Er besprach mit ihnen den Tagesablauf, verteilte Aufgaben. Er verabschiedete sich gewöhnlich mit einem festen Händedruck oder mit einem Klopfen auf die schmalen Schultern der Jungen und mit den Worten: »Na, Jungs, ist das zu schaffen?«

Die beiden wollten ihren Onkel Peter nicht enttäuschen. »Na klar! Machen wir!« Sie bemühten sich wirklich, ihr Tagespensum bis zum Abend zu erfüllen. Nach Feierabend erschienen dann die Männer beim Bau und bis zur späten Stunde wurde pausenlos gearbeitet.

Zum Verputzen der Wände und später zum Anstreichen kamen ganze Scharen von Frauen zur Hilfe. Es wurde viel geschwatzt und gelacht. Katharina und Marie halfen Lisa beim Kochen. Tischdecken wurden auf dem Gras ausgebreitet – hungrig ging keiner nach Hause.

Im Spätherbst auf der Einweihungsfeier sprach Lisa bewegende Worte.

»Hier, an diesem Tisch, in fast leeren Räumen, die so einladend und hell sind, sage ich ein großes, dickes Dankeschön euch allen! Ihr habt so viel Gefühle und Wärme in diese Wände eingebaut, ihr habt mir mit Rat und Tat beigestanden. Das vergesse ich euch nie! Ich werde mich bemühen, mit meinen Kindern in diesem Haus ein glückliches Leben zu gestalten.«

Alle redeten durcheinander – es wurde immer lauter. Der zur Feier des Tages vom Nachbarn spendierte »Selbstgebrannte« zeigte Wirkung.

An einem Tischende stimmte Anna ein Lied an und alle sangen mit. Ein dreistimmiger Chor sang über Freundschaft und Liebe, über Treue und Glück. Peter und Marie hatten Lisa in ihre Mitte genommen. Peter drückte ihr kurz die Hand.

»Mensch Lisa! Niklas hätte dasselbe für jeden von uns getan. Gemeinsam sind wir stark.« Nach einer kurzen Pause fügte er hinzu: »Und wir haben Niklas auf dem Sterbebett versprochen, dir zur Seite zu stehen.«

Das Bild von ihrem Ehemann, das Lisa ganz tief in ihrem Herzen trug, bekam neue Schattierungen. Sie begriff, dass die Familie und das Heim nicht das Wichtigste in seinem Leben gewesen waren. Viel bedeutender war für ihn die Männerfreundschaft, in denen er Zuflucht von der Angst gesucht hatte, die ihm all die Jahre im Nacken saß – von dem Tag an, als die Ärzte sein Todesjahr festgelegt hatten.

Manches, was sie im Benehmen ihres Mannes stutzig gemacht hatte, was beleidigend und demütigend gewesen war, erschien ihr jetzt in einem ganz anderen Licht. Die Traurigkeit blieb, aber die Bitterkeit ließ nach. Dieses neue Bild des Vaters vermittelte sie den Kindern und gab es ihnen auf den Weg.

Das Leben ging weiter. Aus Tagen wurden Wochen, aus Monaten Jahre. Lisa verkörperte Mutter und Vater in einer Person und das war bei fünf Jungen keineswegs einfach. Den Schulproblemen der Kinder nachgehen, Streitereien schlichten, Freundschaften befürworten oder nicht, für Liebeskummer Verständnis aufbringen, Pubertätsphasen ausharren – alledem stand sie stets allein gegenüber. Lisa entwickelte sich zu einem Steh-auf-Männchen – nach jedem Schicksalsschlag, nach jeder Niederlage rappelte sie sich wieder auf.

Sie schuftete, kämpfte und lebte für ihre Kinder. Ihre eigenen Wünsche waren zurückgestellt. Diese Aufopferung für die Familie sah sie als eine Aufgabe fürs Leben.

Das Alleinsein war manchmal ziemlich anstrengend. Lisa hatte sich schon ab und zu einen Mann an ihrer Seite gewünscht, aber würde er auch zu einem Vater für ihre Kinder? Falls ein ernstes Männergespräch nötig war, bat sie Peter um Hilfe.

Wenn alles sinnlos schien und kein Ausweg zu erahnen war, dann eilte Lisa zu ihrer Weide am Fluss. Sie teilte dem Baum ihre Sorgen mit, fragte Niklas um Rat, weinte sich aus, sprach dann ein Gebet und irgendwie ging es weiter.

Obwohl die Last auf Lisas Schultern enorm

schwer war, blieb sie ihren Moralvorstellungen treu – ehrlich sein, anständig und mit Würde auftreten, ein gutes Beispiel für die Kinder abgeben, wie heute, so auch morgen. Die Treue war bei ihr sehr hoch angeschrieben. Sie konnte sich keinen anderen Mann vorstellen, der den leeren Platz neben ihr einnehmen würde.

Es gab im Dorf so einen Wollüstigen, der die Witwen von Ivantal unruhig machte. Der hatte es auf einmal auf Lisa abgesehen – überall suchte er ihre Nähe, stellte ihr hartnäckig nach. Er wollte ihre Ablehnung nicht akzeptieren.

»Na, Lischen, so viele Jahre allein? Du musst ja richtig Lust auf einen Mann haben.«

In Lisas Augen war er ein Widerling und so einer fand sich noch begehrenswert. Sie nahm einen Spaten in die Hand und zischte ihn an:

»Nenne mich nie wieder so! Für dich bin ich kein Lischen, begreif das endlich!«

Als er sich ihr trotzdem einen Schritt näherte, hob sie zur Abwehr den Spaten.

»Ich schlage zu! Keine Sekunde werde ich zögern!«

Etwas in ihren Augen warnte den Mann. Er schaute sie ungläubig und boshaft an. »Verrücktes Weib!« Und weg war er.

Die Jahre zogen ins Land. Lisa verabschiedete ihre fünf Söhne einen nach dem anderen zum Dienst

179

in der Sowjetarmee. Jedes Mal beim Öffnen der Briefe zog ihr Herz sich krampfartig zusammen. Würde die Handschrift bekannt sein, ging es dem Sohn auch gut? Sie versuchte zwischen den Zeilen zu lesen. Die Anschriften auf den Briefumschlägen änderten sich, aber Lisas Gedanken blieben dieselben. Die Angst und der dunkle Schatten aus dem Jahr 1954 verfolgten sie dann in den Träumen.

Später gab sie ihren Segen für die Hochzeiten, umarmte die fünf Schwiegertöchter und den Schwiegersohn und hieß sie in der Familie willkommen. Sie wiegte die Enkelkinder in den Armen und stellte sich vor, Niklas wäre in all den Momenten bei ihr.

Über Einsamkeit konnte Lisa all die Jahre nicht klagen. Kinder oder Enkelkinder – sie hatte immer jemanden um sich herum.

Als ihre Kinder die eigenen Häuser zu bauen begannen, stand sie auch nicht abseits, half aus, wo sie nur konnte. Die besten Tage waren, wenn ihre Familie zusammenkam. Zu Ostern und Weihnachten, zu ihren Geburtstagen waren sie vollzählig am Tisch.

Nein, falsch – einer fehlte: der so früh verstorbene Ehemann und Vater.

16. Kapitel

Weihnachten stand wieder einmal vor der Tür. Am Morgen war Lisa mit einer Idee aufgewacht – sie wollte zu der bevorstehenden Weihnachtsfeier Peter Hasfeld einladen und war überzeugt, dass sie damit ihren Kindern eine große Freude bereiten würde. Diese Weihnachten sollten etwas Besonderes sein – sie sollten auch zu einer Gedenkfeier an Niklas werden. Ihre Kinder waren als Halbwaisen aufgewachsen, das war eine Tatsache.

Sosehr sie sich auch bemüht hatte, in beiden Rollen gleichermaßen zufriedenstellend aufzutreten, es war oft nicht einfach gewesen. Die kleine Lisa, die sich in der Jungen-Gemeinschaft von klein an behaupten musste, gewöhnte sich allmählich den rauen Tonfall und die beleidigenden Ausdrücke der Brüder an, was ihre Mutter nicht so gern sah. Andererseits musste sie sich wehren. Wenn die Bande besonders dreist wurde und die ganze Hausarbeit, unter allen verteilt, an der Tochter hängen zu bleiben drohte, eilte die Mutter ihr zur Hilfe. Es gab ein lautes Donnerwetter – die Gerechtigkeit siegte und die Arbeiten wurden erneut zugeteilt: den Abwasch machen oder

die Fußböden wischen, das Unkraut im Gemü-
sebeet zupfen, das junge Federvieh versorgen, für
die Kaninchen Grünzeug pflücken, die blühen-
den Kartoffelpflanzen von den gestreiften Kolo-
radokäfern retten und dem Kalb auf der Weide
einen Eimer frisches Wasser vorbeibringen. Lisa
erinnerte sich, wie oft sie den Kindern die Ent-
behrungen erklären musste, die sie hinzunehmen
hatten, weil einfach kein Geld da war. Wenn der
eine oder andere mal ausflippte, dann nahm Peter
sich seiner an. Wenn das Problem aus Männer-
sicht besprochen wurde, konnten die Jungs auch
leichter damit leben. Die Großeltern halfen ebenfalls, wo sie nur konnten. Lisa hatte noch den
Vorfall mit dem Fahrrad in Erinnerung.

Die Familie war ins neue Haus eingezogen,
das Geld reichte hinten und vorne nicht. Da lagen Paul und Heinz ihr ständig in den Ohren,
sie bräuchten unbedingt ein Fahrrad. Sie sah auch
selbst, mit welch neidischen Blicken die beiden
ihre Klassenkameraden verfolgten, die auf ihren
Gefährten die Straße entlang sausten. Sie hätte
den Söhnen den Herzenswunsch sehr gerne erfüllt, aber es ging eben nicht.

Da hatte der Großvater einen Ausweg gefunden. Irgendwo in seiner Wirtschaft stand in der
Scheune ein altes Stück, zwar reparaturbedürftig,
aber es war ein Fahrrad. Die Jungen machten sich
mit Begeisterung an die Arbeit. Zuerst zerleg-

ten sie das Ding und es ging los mit Schrauben, Schleifen, Schmieren, Ausbessern und Polieren. Onkel Peter half mit einer Klingel und neuen Reifen aus. Katharina hatte den zerfledderten Sattel neu bezogen. Nach zwei Tagen stand der alte Drahtesel im neuen Glanz vor der Haustür. Allerdings gab es Streit darum, wer als Erster eine Probefahrt machen durfte.

Lisa konnte Pauls Worte nicht aus dem Kopf bekommen, die sie im Vorbeigehen während der friedlichen Zusammenarbeit der Brüder aufgeschnappt hatte. Der Junge polierte gerade mit einem weichen Tuchfetzen das Lenkrad und meinte halblaut:

»Wenn unser Vater jetzt noch lebte, hätten wir jeder ein Fahrrad!«

Heinz stimmte ihm zu: »Vielleicht sogar neue!«

Ja, der Vater hatte den Kindern oft gefehlt. Da war dieser gemeinsame Ausflug ins Grüne, der ihr plötzlich einfiel. Die Idee war von Niklas gekommen. An dem besagten Sonntagmorgen hatte sie keine Mühe, die Kinder in aller Frühe wach zu kriegen. Niki und Heinz liefen zum Garten, wo sie in einer Senke mit dem Ausbuddeln der Regenwürmer begannen. In einer Viertelstunde standen sie mit den Angeln und den kleinen Eimern in den Händen startbereit.

Die Dose mit dem Köder kam in Pauls Obhut. Lischen wollte unbedingt ihren farbigen Gum-

183

miball mitnehmen. Niklas trug einen Korb mit Kartoffeln, die später in der Glut des erloschenen Feuers gebacken werden sollten. Lisa hatte in ihre Tasche Proviant eingepackt – gekochte Eier, Schinken, junge Gurken, Lauchzwiebeln, Brot und Salz. Den Weg zum Fluss brauchten sie dazu, den Restschlaf aus den Gliedern abzuschütteln.

Nachdem eine passende Feuerstelle gefunden war, begaben sich ihre »Männer« auf Brennholzsuche. Dann liefen die Angler zum See, denn die ersten Fische waren für die Fischsuppe bestimmt. Lisa lächelte vor sich hin. Niklas war an dem Tag so fürsorglich und zuvorkommend gewesen. Er half ihr beim Kartoffelschälen, hängte den Henkeltopf mit Wasser übers Feuer.

Lisa breitete in einiger Entfernung eine Decke auf dem Gras aus. Sie hatte jetzt noch den furchtbaren Kinderschrei in den Ohren, auf den Niklas und sie panisch reagierten. Der erste Gedanke war: Lischen ist ins Wasser gefallen.

Niklas sprintete zum See, aber da kam das schreiende Kind ihm schon entgegengetorkelt.

Es stellte sich heraus, dass Lischen ihren Ball ins Wasser fallen lassen hatte, und zwar genau an der Stelle, wo Niki und Heinz ihre Angeln eingeworfen hatten. Die beiden hatten das Kind angeschrieen, es solle zur Mutter gehen, es verscheuche ihnen alle Fische. Am meisten weinte die Kleine um ihren Ball, denn sie dachte, er sei

184

weggeschwommen.

Das Spielzeug wurde aus dem Wasser gerettet und Niklas spielte damit mit den beiden Kleinsten auf der Wiese. Dann hatten die Fische doch noch angebissen und Lisa kochte eine Fischsuppe.

Von der frischen Luft und dem wilden Spielen im Freien hatten alle einen ausgesprochen guten Appetit und die Suppe wurde bis zum letzten Tropfen ausgelöffelt. Solange die Kartoffeln in der Glut des Feuers gar gebacken wurden, unterhielt sich die Familie über dies und jenes.

Lisa war es auf einmal so komisch, als ob sie plötzlich von der Wärme des Zusammenseins umhüllt würde, mit dem Kinderlachen und der vertrauten, fast vergessenen Stimme ihres Mannes in den Ohren.

Aber es war wirklich ein Lachen, das aus dem Wohnzimmer klang. David erzählte seinen Kindern einen Witz und die lachten sich schier kaputt. Einen Moment kämpfte Lisa mit der Versuchung, David den Zeitungsartikel zu zeigen. Dann tat sie es doch nicht. Sie ging zur Kommode, kramte lange zwischen den eingepackten Weihnachtspäckchen herum, fand endlich, was sie suchte – eine Weihnachtskarte. Sie schrieb eine Einladung an Peter Hasfeld.

Die Adresse hatte sie noch von früher, denn die Hasfelds waren irgendwann aus Ivantal weggezogen. Die Freundschaft war dennoch nicht abgebrochen – man schrieb sich und zu Besuch waren Peter und Marie auch ein paarmal gewesen. In den letzten Jahren hatten sie sich nicht mehr gesehen, denn mit zunehmendem Alter hatten auch Peters Beschwerden zugenommen. Lisa war sich nicht sicher, ob er die Einladung annehmen würde.

Sie schaute aus dem Fenster. Draußen war herrliches Wetter. Sie zog ihre Winterjacke an und machte sich auf den Weg zum Postkasten. Es schneite. In völliger Windstille, was für diese Region eine Seltenheit war, rieselten große Schneeflocken zur Erde und hüllten alles ringsherum in ein feierliches Weiß. Lisa streifte ihren Handschuh ab und beobachtete das langsame Sterben der bestaunenswerten Gebilde der Natur auf der ausgestreckten Hand, die, majestätisch gelandet, zusammenschrumpften und einen nassen Fleck auf ihrer warmen Haut hinterließen. Die Schneeflocken auf den Dächern, Zäunen und Bäumen hatten ein längeres Leben und würden bei solcher Stille noch lange das Auge erfreuen. Lisas ganze Familie hatte sich zum zweiten Weihnachtstag versammelt.

Das Erscheinen von Peter Hasfeld war eine gelungene Überraschung für die Sonnbergs. Ein fröhliches »Hallo!«, eine kurze Umarmung, ein Schulterklopfen, von Lisa ein leichter Kuss auf die Wange und das Leuchten in den Augen drückten beiderseits die Gefühle der Freude aus. Niki versteckte seinen Frohsinn hinter der Frage:

»Na, alter Hase, trotzt dem Sensenmann noch immer was?«

Peter lachte kurz.

»Mit dem Hasen hast schon recht. Zurzeit humpele ich nur noch durchs Leben. Was den Knochenmann angeht, der muss mich total vergessen haben!«

Heinz meinte vergnügt:

»Diese Vergesslichkeit hat mal was Positives an sich. Sind froh, dich zu sehen, Onkel Peter!«

Lisa erkundigte sich nach Marie. Peter antwortete, eine heftige Erkältung habe ihr dazwischengefunkt, aber sie bestelle schöne Grüße. Die Stimmung war ausgezeichnet. Es wurde gescherzt, gelacht, gesungen.

Diese Weihnachten aber sollten zur Gedenkfeier an Niklas werden. Lisa wollte es so. Fünfzig Jahre waren seit dem September 1954 verstrichen – fünfzig lange Jahre, die fast ein Menschenleben ausmachten. Lisa und Peter waren alt geworden, Niklas hingegen war für immer jung geblieben. Heute sollte er in den Kreis seiner Familie zurückkehren.

Nach der Bescherung, als alle zusammen am Tisch saßen, holte Lisa aus der Kommode den

Zeitungsartikel, der ihr eine so aufgewühlte Vor-weihnachtszeit und schlaflose Nächte bereitet hatte. Sie ging zu ihrem Jüngsten, drückte ihm die Kopie in die Hand und bat ihn, den Artikel vorzulesen.

Der laut verkündete Titel »Der atomare Pilz über der Steppe« ließ alle aufhorchen. Sie rückten näher zusammen und folgten gespannt Eddis ruhiger, ab und zu zitternder Stimme.

Lisa erinnerte sich noch ganz genau an ein ähnliches Familientreffen 1979. Die fünfund-zwanzig Jahre, für die Niklas geschworen hatte zu schweigen, waren vorbei. Damals erzählte Lisa den Kindern, was der Vater ihr auf dem Ster-bebett anvertraut hatte. Sie erzählte von seiner Krankheit, die ihn mit 35 Jahren aus dem Leben gerissen hatte.

Schuld daran war der Test aus dem Jahre 1954, mehr wusste sie damals auch nicht. Über die Sei-tensprünge des Vaters verlor sie keine Silbe. Soll-ten die Kinder jemals davon erfahren, dann von jemand anderem.

Seit dem Tag wussten sie, dass ihr Vater Op-fer eines unmenschlichen Versuches gewesen war. Wie er den Tag des Tests, den 14. September, er-lebt hatte, den Horror, der ihn so oft in den Alb-träumen gequält hatte – das war sein Geheimnis geblieben, das er mit ins Grab genommen hatte.

Eine unheimliche Stille herrschte während des

Lesens im Zimmer. Außer Peter Hasfeld ahnte keiner von den Anwesenden, was ihr Vater, Großvater und Ehemann einmal durchgemacht hatte.

Ein Film des Schreckens in Schwarzweiß aus dem Jahre 1954 zog an ihnen vorbei. Sie sahen die leerstehenden, manche zu einem Drittel verbrannten Dörfer, die einsamen Hunde und Katzen, die ihrem Zuhause treu geblieben waren und von denen viele vergebens auf die Rückkehr ihrer Herren warteten, sie sahen die durch den Bau der zahlreichen Bunker, Feuernester und bombenfesten Unterstände geschundene Steppe.

Sie sahen die Soldaten in den Lauf- und Schutzgräben, welche das Epizentrum wie ein Spinnennetz umringten, die Technik, die Tiere, den Hain aus weißen Birken. Sie hörten den betäubenden Knall, sie schlossen die Augen vor dem blendenden Lichtblitz der Explosion.

Sie konnten wegen der Druckwelle auf einmal schwer atmen, sie sahen das schwarze Ungeheuer des atomaren Pilzes am blauen Himmel, sie spürten den Ruß auf ihrer Haut, sie hörten die Schreie der Verwundeten. Irgendwo unter ihnen musste ihr Vater gewesen sein. Sie stellten sich die Frage, ob er jedes Mal dasselbe empfunden hatte, wenn er mit starrem Antlitz und leerem Blick in die Ferne ihnen gegenübersaß und von den Bildern der Vergangenheit festgehalten wurde.

17. Kapitel

Peter Hasfeld saß die ganze Zeit reglos und blass auf seinem Stuhl. Als Eddi mit dem Lesen fertig war, drehte er sich zu dem Gast.

»Ich weiß, Onkel Peter, es ist schwer, aber … erzähl uns mehr!«

Ein Zittern durchlief ihn.

»Kann ich nicht, Jungs! Ich war an dem Tag überhaupt nicht auf dem Stützpunkt. Ich bin genauso schockiert wie ihr! Mir reichte aber auch der Tag nach der Explosion, als wir das Ausmaß der Hinterlassenschaft der Bombe zu Gesicht bekamen.«

David schaute ihn ungläubig an.

»Habt ihr euch darüber nicht unterhalten? Es war doch der Test einer Atombombe!«

Peter war aufgewühlt.

»Genau deswegen, mein Junge! Ein Informationsaustausch war strengstens verboten, wir wurden Tag und Nacht beobachtet. Die beantragten Besuche bei den verwundeten Freunden im Hospital wurden nicht bewilligt. Es waren ziemlich schwere zwei Monate ohne Niklas auf dem Stützpunkt. Nach seiner Entlassung haben wir uns ausgesprochen und danach war das Thema tabu.

Wir wollten keinen Schaden anrichten – nicht unseren Familien, nicht uns selbst. Später, als wir die traurigen Schicksale unserer Dienstbrüder erfuhren, ließen wir die Sau raus. Aber das Thema war nicht die Atombombe, wir sprachen mehr über die Kälte und Gleichgültigkeit der Behörden, denen wir mit unseren Problemen so hilflos gegenüberstanden. Irgendwann habe ich zu hören bekommen, dass nach 25 Jahren des Schweigens die Überlebenden eine Vereinigung gebildet hatten, die sich für die Anerkennung des Status ›Kriegsveteranen der Beteiligten am Test vom 14. September 1954‹ starkmachte.«

David meinte: »Wir haben von so einer Vereinigung nie gehört.«

Peter nickte.

»Richtig. Da frag doch mal deine Mutter, ob sie jemals auch nur einen müden Rubel von jemandem bekommen hat, als sie mit sechs Kindern allein dastand! Es war ein cleveres Vorgehen der Regierung. Der Geheimdienst hatte seine Arbeit gut gemacht. Die Durchführung des Atombombentests wurde Jahrzehnte lang verleugnet und verschwiegen.

Und wofür sollte man zahlen, wenn nichts passiert war? Von all den Soldaten und Offizieren, die damals an den Militärübungen beteiligt waren, leben heute vielleicht noch ein paartausend. Die anderen sind alle wie euer Vater unter der

Erde und ihre Kinder sind erwachsen geworden.«

Peter Hasfeld lockerte seinen Schlips.

Eddi stellte ihm ein Glas Wasser hin.

»Und danach? Was passierte in den nächsten Tagen, Wochen?«

Peter trank etwas von dem Wasser und setzte fort:

»Ja, wie ging es weiter? Der Dienst verlief nach seinen festgelegten Regeln, nur die Angst, die sich im Inneren eingenistet hatte, die blieb. Das aufgezwungene Schweigen und die verdammte Angst begleiteten mich mein Leben lang.«

Er schlug sich mit der vom Rheuma gezeichneten, zur Faust geballten Hand auf die Brust.

»Sogar das freie Atmen wurde uns genommen! Wir waren Soldaten und hatten uns den Befehlen zu fügen. Aber das einfache Volk, die Zivilisten, hatten es nicht verdient, so behandelt zu werden.

Wir hatten in der Staffel einen Soldaten, der aus einer dem Stützpunkt benachbarten Gegend kam. Eines Tages kehrte er aus seinem Kurzurlaub ziemlich verstört zurück und erzählte heimlich verrückte Sachen. Einige der Dorfbewohner, die zu den Zwangsumsiedlern gehörten, seien in ihre alten Ortschaften, die sich in der so genannten ›Gefahr-Zone‹ befanden, zurückgegangen. Besonders für die Alten stand es außer Frage – sie wollten dort sterben, wo sie geboren waren und wo sie ihr Leben gelebt hatten. Es gab unter denen viele Veteranen des 2. Weltkrieges, denen dieselbe Regierung, die sie so selbstlos und heldenhaft auf den Kampffeldern verteidigt hatten, jetzt so übel mitspielte. Sie konnten es nicht verstehen!«

Peter langte noch einmal nach dem Glas Wasser, schaute sich in der Runde um, atmete tief durch.

»Aber wer konnte es schon? Sie brachten die verstrahlte Ernte ein, sammelten Beeren und Pilze in den halb verbrannten Wäldern, sie angelten in den verseuchten Gewässern, sie hackten Holz für den Winter und wunderten sich, dass die Holzstapel den ganzen Winter im Dunkeln so ein unheimliches grünes Leuchten absonderten.

Was das Ganze für diese Menschen bedeutete, kann man sich vorstellen. Aus den Siegern des 2. Weltkrieges wurden Opfer des ›Kalten Krieges‹.«

Regungslos saßen alle da und fanden keine Worte. Auf einmal, wie auf Kommando, erhoben sie sich und legten eine Schweigeminute zu Ehren des nie wirklich gekannten Vaters ein, zu Ehren all der Belogenen und Betrogenen, der Verbrannten und Erblindeten, die mit Angst in den verkrüppelten Seelen die ihnen verbliebenen Tage dahinlebten. Angetrunken, weinten sie oft. Verurteilt zum Schweigen, konnten sie ihr Leid mit niemandem teilen und die seelischen Schmerzen lindern.

Von der Sowjetregierung verraten, von den

Behörden im Stich gelassen, starben sie viel zu jung an Krebs aller Art, an Schlaganfällen, an frühen Infarkten. Sie hinterließen junge Witwen und kleine Kinder. Diese Familien bekamen keinerlei Unterstützung vom Staat, sie blieben ihrem Schicksal überlassen.

Lisa schaute ihren Kindern der Reihe nach ins Gesicht. Sie alle hatte die Explosion der Atombombe von 1954 auch getroffen – sie mussten ohne Vater aufwachsen.

Sie stand auf, ging zum Fenster – sie wollte nicht, dass jemand ihre Tränen sah. Dunkle Wolken zogen auf. Es begann zu schneien. In stiller Trauer schien Lisa in der Dämmerung einmal mehr die Umrisse eines gigantischen Pilzes am Himmel zu erahnen. Sein Schatten wurde lang, länger. Er glitt über die Dächer der Nachbarhäuser.

Es gab kein Entrinnen.

Epilog

Solange es Atomwaffen auf unserer Erde gibt,
bleiben wir alle Gefangene im Schatten des Pilzes.